L'exilée

Adèle Hugo, la fille

Du même auteur

Viens, il y aura des hommes, Stock, roman, 1977
La dent d'Adèle, Grasset, roman, 1978
Sophie de Ségur, l'inoubliable comtesse, Stock, biographie, 1981
La peau et le sucre, Plon, roman, I983
Volcan sur l'île, Plon, roman, Prix Emile-Zola de la Société des Gens de Lettres, 1986
Tsa-Rong, Casterman, livre pour enfants, I989
Brahms, un génie ordinaire, Plon, essai biographique, I991
La cadette, Éditions Écriture, roman, 1995
Robert Walser, un vagabond immobile, Gallimard, essai biographique, 1998
Écrire l'enfance, Éditions Autrement, essai, 2003
Les chemins de l'âge, HB Éditions, essai autobiographique, 2005
Stations obligées, L'Arbre vengeur, nouvelles, Bourse Thyde Monnier de la Société des Gens de Lettres, 2008

lapartcommune@numericable.fr
http://www.lapartcommune.com

Marie-Louise Audiberti

L'exilée

Adèle Hugo, la fille

LA PART COMMUNE

I

Une chevelure lisse, un visage fin, une allure altière qui force le respect. Adèle Hugo, la fille cadette du grand homme, fascine tous ceux qui l'approchent.

Il aurait fallu capter l'éclair des yeux, froid sûrement, brûlant, mais la photographie réclamait encore un temps de pose, laissant au sujet tout loisir de se composer ou se décomposer. Si Adèle baisse la tête sur les photos, c'est pour signifier son absence. Quand elle lève enfin les yeux, on l'imagine scruter l'interlocuteur jusqu'à lui faire perdre contenance. Quand elle prend la parole, c'est d'une voix retenue, appliquée. Elle est trop habituée aux conversations de la Table, comme se désigne le lieu hugolien de l'exil, pour se montrer futile. Elle module son discours, surtout quand le Père est là, qu'il faut toujours séduire, voire surprendre.

Nous sommes aujourd'hui en 1863. Guernesey, une île, posée quelque part dans l'océan. La famille Hugo a suivi le maître en exil : Bruxelles d'abord, une capitale, où l'on pouvait encore frayer avec des égaux, sortir, recevoir, puis Jersey, et maintenant Guernesey, comme s'il fallait absolument aboutir à une île, c'est-à-dire un isolement. Pour le père, « les îles de la Manche sont des morceaux de France tombés dans la mer et ramassés par l'Angleterre. » Il n'empêche, la coupure est là, presque une blessure. On ne veut plus de nous dans notre pays. Nous sommes indésirables.

Si seulement le père avait gardé le silence au lieu de tenir des propos incendiaires sur Louis Napoléon Bonaparte, s'il avait comme bien d'autres pris son mal en patience, la famille Hugo ne serait pas obligée de jouer les oiseaux migrateurs. Mais le père est un champion de la liberté, il est prêt à tous les sacrifices pour défendre le droit des peuples. Le père est le héraut de la vérité et jamais il n'hésitera à pourfendre la corruption sous toutes ses formes.

Escaliers et raidillons découpent les lieux. Située à Saint-Peter-Port, le quartier principal de l'île, la rue de Hauteville grimpe en élégant lacet. Mon vélo peine dans la montée tandis que je devine le bruit ralenti des sabots de chevaux. Ou celui, volontaire, de Victor Hugo, qui prônait les milles pas, *mille passus,* après chaque repas. Excellent pour la digestion tout en permettant au maître quelque détour pour aller saluer Juliette Drouet, cette chère et encombrante voisine, ou telle jeune personne accommodante.

Voici la maison. Devant moi s'arc-boute le porche de Notre-Dame de Paris avec en gros caractères l'inscription VICTOR HUGO/NOSTRE DAME DE PARIS. Entrons.

Dans ce décor aussi majestueux qu'ostentatoire où la jeune guide fait circuler les visiteurs à une vitesse record, tout a été pensé avec soin par le maître de maison avant d'être exécuté par le fidèle Mauger qui fit travailler toute l'île sous les ordres du maître.

La maison a été payée entièrement avec les revenus des *Contemplations*. Une aubaine, cette maison. Si le père l'a achetée à bon compte c'est qu'on la dit hantée. Une jeune fille s'y serait pendue. Je ne peux m'empêcher d'identifier la morte qui hante les lieux à cette figurine à la chevelure flamboyante que l'on retrouve ici à plusieurs endroits, comme un rappel insistant, et surtout à Adèle, la fille. Oui, c'est bien Adèle, déjà fichée aux murs, clouée à elle-même tel un papillon égaré. La maison, l'île, le décor est planté, vrai paysage mental sur lequel s'inscrit comme sur une radiographie le dessin de ce mal être qui va terrasser Adèle.

La maison, à ce qu'on dit dans le pays, est donc « visionnée ». Visionnée, cela signifie que le diable y a sa place. Si le plafond ne s'écroule pas sur votre tête, si les murs ne se mettent pas à vaciller, si vous vivez sans dommages dans une maison visionnée, c'est que vous faites bon commerce avec le diable. De telles accointances vous rendent suspect. Dans une maison visionnée, seul peut vivre un visionnaire ou un sorcier, et le diable y trouve forcément son compte. Souper avec le diable ? Il suffit que la cuiller, je veux dire la plume, soit de bonne longueur.

La maison est habitée par les esprits comme le sont les œuvres du père. On sait que l'imaginaire de Victor Hugo, agité de visions extravagantes, fourmille de monstres et d'esprits malins. Djinns et pieuvres se meuvent à l'aise dans un univers fabuleux. Et l'on se demande quelle pouvait être la teneur du conte fantastique, inventé pour ses enfants, qu'il lut un jour, comme il le raconte lui-même, dans les ombres du plafond.

Aujourd'hui les voici tous réunis pour le déjeuner. Le père, la mère, les deux fils. Et même Adèle, la fille cadette, malgré sa tendance à se réfugier toute la journée dans sa chambre. La famille déjeune dans la salle à manger, dénommée par Charles Hugo la salle à Mauger tant l'agencement des meubles lourds porte la marque du fameux artisan. Mais la vraie signature est celle du maître. EGO HUGO est-il proclamé triomphalement au-dessus de la porte, inscription qui se répète comme une antienne à maint autre endroit. Les faïences de Delft qui flanquent la cheminée de deux H, Hauteville House, ont été rachetées à un prix intéressant à un hôtel en faillite. H prédestiné qui arrange bien le maître de maison. Sur la cheminée elle-même, s'entrelacent les initiales V.H.. Pas de doute, cette maison est bien la maison du moi.

Ce n'est pas tout. Nombre devises, inscriptions, en français, en latin, parsèment l'ensemble, maximes soigneusement choisies par Hugo telles des commandements. C'est qu'il ne faudrait pas se laisser aller. Si la charge financière de la famille incombe entièrement au poète, il a aussi la responsabilité morale de ses brebis. S'il a entraîné les siens dans sa fuite, ce n'est pas pour les laisser à l'abandon. Grave ou ironique, tendre aussi, la voix du berger résonne ici de toutes les encoignures.

Trône dans cette salle à manger familiale le fauteuil des ancêtres qui arbore le nom de

Léopold Hugo, le père, fait comte sous l'Empire, mais aussi celui d'Hugo de Lorraine dont Victor, l'ancien royaliste, se veut le descendant. Un peu de renom ne nuit pas même si l'on a déjà un nom.

La famille descend maintenant prendre le café dans le salon aux tapisseries avec l'immense bahut qu'a fait faire le maître de maison dans des bois anciens. Boiseries, miroirs, faïences décorent ce lieu d'une rare munificence, équipé de tapisseries précieuses. Émotion pour le visiteur de découvrir le fameux cabinet noir du poème de Victor Hugo : « Jeanne était au pain sec ». S'ouvrent alors les années d'autrefois, quand on avait l'âge de Jeanne, la petite-fille d'Hugo, la peur du noir et du loup. C'est dans ce réduit que les fils Hugo, Charles surtout, se livrent à leurs travaux de photographie. Grâce aux productions de l'atelier Hugo-Vacquerie, la famille surgit, devant nous, captée au fil des jours dans ses poses, ses humeurs.

Un regard sur le jardin, avec au centre la fontaine qu'il a fait venir de l'appartement de la Place Royale, à Paris, et le maître remonte dans ses appartements. Dans son perchoir, il est tranquille. Papa travaille. N'allez surtout pas le déranger. Attention, pas de bruit, que la maison se taise, laissant les mots du père battre des ailes à leur guise.

Si quelqu'un se présente, et les visiteurs sont nombreux, un jeu de miroirs savamment disposés permet à Hugo de décider ou non de se montrer. Sa chambre est petite, une vraie cellule de bateau. Il a fait dernièrement surélever l'escalier d'une maison de verre, un look-out, un lucoot comme l'écrit Juliette Drouet, qui donne directement sur la mer et sur le fameux rocher Cornet, relié à la terre par une jetée. Quand le temps est lumineux, les rives du Cotentin sont visibles. Important pour Victor Hugo de garder ainsi un œil sur la France. La France garde bien un œil sur lui ! Un jeu de miroirs là aussi lui permet de se trouver sur trois côtés entouré par la mer.

La tempête se lève, mugit, frappe aux vitres. De là-haut, le château Cornet, rocher battu par les brisants de l'Atlantique, semble un lion prêt à bondir. Les arbres se tordent sous les rafales, les bateaux sont soulevés par les vagues, les rues sont désertées.

Dans cette maison battue par les vents, le capitaine est debout à la barre. Depuis quelque temps d'ailleurs, il écrit debout, une tablette devant lui, aménagée à cet effet. Avec sa barbe récente, Victor Hugo a pris l'allure qu'on lui connaîtra désormais, celle du grand-père de la nation, le Dieu des lettres. L'homme-Dieu a fait de sa maison, « ce nid de mouettes » comme il dit, entouré d'éclairs, un autel et un promontoire. De là, de cet Olympe, il peut écrire sa « très plébéienne littérature », et rien, vraiment rien ne lui résiste.

Et Adèle, la fille ? À vrai dire, Adèle nous inquiète depuis un moment. Son mutisme, ses bouderies, son agitation. Impossible de lui parler, de la raisonner. Qu'allons-nous faire de cette fille ? Adèle II, comme la nommeront ses biographes, semble en plein égarement. Avec ses idées bizarres, elle est capable de tout.

La fille rabat le couvercle du piano d'un mouvement brusque. Aujourd'hui, même la musique ne réussit pas à la calmer. Silhouette sombre, fermée, elle erre dans la maison. Que de vide entre les murs, rien que du morne, du sans vie, et le sentiment farouche de ne pas être à sa place. Encore une journée à se morfondre loin de celui à qui elle ne cesse de penser. Que fait-il en ce moment ? Pourquoi n'est-il pas avec elle ? Pour un peu elle se frapperait la tête de ses poings, jetterait des objets à travers la pièce. Toute seule, elle prononce des phrases pour se rassurer. Oui, elle est Adèle Hugo l'amoureuse, résolue à vaincre tous les obstacles qui l'éloignent de l'être aimé. Tous, ils ont beau vouloir la détourner de l'homme qu'elle a choisi, Adèle est loin de s'avouer vaincue. Elle sait bien qu'ils sont faits l'un pour l'autre, qu'ils s'appartiennent à tout jamais. C'est comme un destin qui loge en elle et la dévore en même temps qu'il la soulève.

Ainsi, dans cette maison visionnée, s'écrit un étrange roman, comme si les hallucinations du père, par une sorte de contagion, s'étaient déposées dans la fille, obscurcissant peu à peu son esprit.

Pour l'instant, elle est parfaitement lucide. Elle sait ce qu'elle veut et sa décision est prise. Elle rejoindra l'homme, c'est certain, il suffit d'être patiente, de guetter l'occasion. Elle s'affaire à des préparatifs secrets. Classer, empaqueter. Non, cela ne va pas. Frénétique, elle défait son travail, puis recommence. Si je pars qu'est-ce que j'emporte ? Qu'emporte-t-on quand lorsqu'on part pour de bon, et en cachette ? Cette robe à volants, ces gants de dentelle, cette fourrure ? Non plutôt cette guimpe toute en ruchés. Ce chapeau ? Bon pour un mariage… Et ma mère qui va encore me demander ce que je fais dans ma chambre ? Ce regard soucieux de la mère. Si encore il n'y avait qu'elle ! Pas un moment de répit, je les sens tous qui me surveillent.

C'est vrai, la mère s'inquiète du désordre d'Adèle. Cette façon qu'a sa fille de déplacer les objets pour les mettre au mauvais endroit ou de les détourner de leur fonction. La mère réprimande, s'efforce de remettre de l'ordre, d'ôter les objets « qui sont un aliment à ses manies », mais Adèle recommence. Comme si l'on n'avait pas le droit de déplacer les objets, les vêtements, de bouleverser l'ordre établi, pas le droit de tourner autour de soi-même, d'organiser ses propres saturnales !

Dans ce manque d'ajustement chez Adèle, on est tenté de voir une réplique de sa propre image. Ces objets qui s'organisent selon une logique étrange parlent pour elle. Pourquoi mettre les choses à leur place si l'on est soi-même en porte-à-faux ? Ce désordre voulu serait sa façon à elle de coïncider avec son être profond.

La mère a sa chambre au premier étage à côté de celle de sa fille. Les femmes ensemble. Adèle, trente-trois ans, est encore à la maison. On marche, on vole, on a la vie devant soi, et brusquement il est tard, c'est l'impasse.

L'océan à perte de vue qui fouette l'imaginaire du poète, c'est pour sa fille la grille d'une prison mentale. Adèle va vivre un repliement progressif qui l'atteindra dans son être profond et trouvera son apogée dans un véritable exil loin de son pays, de sa langue, de sa famille. Là où les autres s'arrangeront plus ou moins de la situation, elle sera incapable d'y faire face.

La famille, l'air du temps, ainsi s'écrit une vie, une folie aussi. Avant d'être un cas, Adèle est une personne. Aucune existence, même singulière, pathologique, qui ne soit tissée dans la trame sociale, voire la géographie des lieux. Ainsi Adèle Hugo, la fille cadette, apparaît-elle à la croisée des chemins qui traversent le siècle. Si le père se pose en acteur de l'Histoire, la fille en accuse à sa façon les soubresauts.

Le fil court d'un lieu à l'autre, le texte brisé se reconstitue à mesure, des images s'élaborent sur le silence. Les photos sont là, les dessins, les objets, qui content une histoire. Une histoire dont nous connaissons la fin tragique. Après Léopoldine morte noyée, Adèle est morte à la vie.

Adèle a trente-trois ans, Léopoldine en aurait trente-huit. Il faudrait revenir à ce temps béni où les deux sœurs se retrouvaient proches malgré la différence d'âge. Tableau idyllique. Elles étaient Didine et Dédé, deux petites filles pleines d'avenir et nul n'imaginait que l'une se noierait, que l'autre deviendrait folle.

II

Deux sœurs, filles de l'homme-Dieu qui les associe dans un même poème. « Mes filles ». La langue du père pour inventer les filles.

Tout avait bien commencé. Didine et Dédé sont réunies sous la lampe comme pour un tableau de genre, l'aînée guidant la cadette dans ses premières lectures. « Ô joie immense de voir la sœur près de la sœur. » Pour un peu, on imaginerait les deux petites filles récitant les poèmes du père comme nous le ferons à l'école, au siècle suivant. Je me souviens : apprendre, ânonner les mains au dos, ne pas oublier les douze pieds sinon tout boîte, Victor Hugo c'est d'abord une leçon pour le lendemain.

Mais plutôt que de réciter les poèmes d'Hugo, ses enfants, les filles surtout, vont devenir eux-mêmes du texte. Le destin va les précipiter au sein du verbe pour une funeste légende du siècle.

Deux filles. Léopoldine est l'aînée, Adèle, la cadette.

Après la mort de Léopold, le premier né, baptisé ainsi en souvenir du père de Victor, Léopoldine est l'enfant unique, la revanche du destin, la consolation. Et elle vit. « Tout porte à croire que notre Léopold est revenu », écrit Victor Hugo à son père en janvier 1826. Et aussi, au grand-père Paul Fouché : « Voilà une de mes œuvres destinées à vivre ». Il parle aussi à Charles Nodier de la naissance d'une « grosse fille joufflue et bien portante ». On a longtemps cru, peut-être pour se rassurer, que cette phrase concernait la petite Adèle. Joufflue, vous voyez bien, Adèle était en bonne santé. Aucune inquiétude à se faire. En réalité il s'agissait de Léopoldine.

L'aîné, surtout s'il vient remplacer un enfant mort, conserve toujours quelque privilège, à la fois grâce et fardeau, comme si les enfants d'après n'étaient là que pour le compléter, le parfaire. Léopoldine avait donc reçu le prénom – féminisé – du grand-père, ce qui l'apparentait directement à la lignée Hugo. Re-née de surcroît, elle était le fils, l'héritier en titre. Ensuite il y eut les garçons. Charles d'abord, puis Victor, obligé par la suite de faire précéder son prénom de celui de François afin d'éviter les confusions avec son père. Pour Adèle, arrivant en dernier, ne reste que le prénom de la mère.

Adèle, dès sa naissance, est l'enfant de la mère.

Elle sera le dernier enfant des Hugo. Après Adèle, l'épouse renonce. Si Victor tient tellement aux ébats amoureux, qu'il aille ahaner dans d'autres bras, elle ne peut plus répondre à ses besoins exigeants. C'est donc après la naissance d'Adèle que la mère décide de ne plus avoir de relations sexuelles avec son mari. Alexandre Dumas, ami et rival littéraire d'Hugo, le tiendrait de l'épouse elle-même : plus d'enfants et plus de rapports. Soi-disant la

Faculté l'ordonnait, une autre naissance aurait raison d'elle. C'est que madame Hugo en est à sa cinquième grossesse.

La petite Adèle aura donc été dans l'histoire conjugale de ses parents le coup de grâce. Ici l'enfant sépare au lieu de réunir. De Léopoldine à Adèle, le système s'inverse. Si la première affermit l'entente conjugale tout en conjurant la mort du petit Léopold, Adèle, en naissant, déchire les chairs du mariage. Poids terrible sur les épaules de l'enfant.

Ce n'est pas tout. Si l'épouse déserte le lit conjugal, c'est avec d'autant plus de détermination que Sainte-Beuve attend dans l'ombre. « Le sombre époux l'enferme, elle rêve à l'Ami. », écrit l'amoureux.

Voisin des Hugo, rue de Vaugirard, Sainte-Beuve, le célibataire endurci, trouve toujours chez ses amis porte ouverte. Quand il se présente, le mari n'est pas forcément au domicile. Toutes ces visites chez les Hugo, ces bavardages avec l'épouse qui peu à peu se montre en négligé « dans son long peignoir blanc, le matin, en dentelle », le solitaire qu'est

Sainte-Beuve tombe amoureux. Bavardages, compliments, il se déclare vraiment l'année de la naissance d'Adèle.

Enfant délicieux que sa mère m'envoie
Dernier né des époux dont j'ai rompu la joie.
Ô toi venue après et quand périt la flamme,

Il va loin, Sainte-Beuve, il ne mâche pas ses mots. Pour lui, et il s'en réjouit, la petite Adèle serait l'enfant du désamour. Et il se félicite d'être à l'origine de l'éloignement des deux époux. C'est moi que tu aimes. Comment pourrais-tu aimer l'autre, ce rustre, ce pantin en mal de provocation qui se croit tout permis et se mêle en plus d'être célèbre !

Heureusement, lesdits vers ne seront publiés qu'après la mort des intéressés.

On a même prétendu, à cause d'un autre poème de Sainte-Beuve, qu'il serait le père de la petite Adèle. Victor Hugo est sérieusement troublé, ses lettres à Sainte-Beuve le prouvent. Il ne veut pas croire à ces rumeurs, son cher ami ne l'a sûrement pas trahi, Hugo en jurerait, mais l'autre doit comprendre son inquiétude, n'importe quel époux se sentirait blessé. Que l'ami le rassure, leur belle amitié d'antan vaut bien la franchise entre eux. Ils ont été si proches dans le passé, se reconnaissant l'un l'autre comme des êtres d'élite mus par la même passion littéraire, une telle complicité ne peut s'oublier d'un coup pour d'infamants ragots.

Mieux vaudrait en tout cas, poursuit Hugo, espacer les visites à sa femme.

Si l'amitié ne revient jamais comme avant et même finit par de l'hostilité ouverte de la part de Sainte-Beuve qui ne se gêne pas pour critiquer l'écrivain qu'il a autrefois encensé et, plus tard, délicate atttention !, pour renvoyer à Hugo les lettres adressées par sa femme, Victor Hugo fait taire les rumeurs en demandant à Sainte-Beuve d'être le parrain de l'enfant.

Mais est-il possible d'oublier ?

L'année 1830 qui voit la naissance d'Adèle, le 28 juillet, est marquée par des événements majeurs. Pour Victor Hugo, c'est d'abord en février le scandale d'*Hernani*, avec Mlle Mars dans le rôle titre. Foin des classiques, ces académiciens empêtrés dans les règles, les traditions, tous écrivains d'un passé trop défini. Aujourd'hui l'imagination est au pouvoir, bousculant les genres, on va pouvoir crier haut et fort et sur tous les tons, et tant pis si la royauté se sent attaquée jusque dans ses fondements.

Au firmament politique, c'est aussi le désordre. Comme en écho à la bataille littéraire contre les « perruques », les rancis, éclate la révolution de Juillet. On se bat dans les rues et Charles X est renversé. Sophie de Ségur, née Rostopchine, la célèbre comtesse, se souvient de l'avoir vu passer, le visage pâle, en route pour l'exil. Oui, il se serait arrêté devant les grilles du château des Nouettes, en Normandie, quêtant le regard éploré de ses partisans. Et tous les petits séguriens, réels ou fictifs, de compatir ! Après l'émeute des Trois glorieuses, Louis-Philippe, le fils du roi Égalité, monte sur le trône, le roi citoyen est au pouvoir pour trente ans.

Hernani marque un changement de situation. Ascension vertigineuse. Victor Hugo, écrivain reconnu, est maintenant un notable. En 1832, il est pair de France et porte l'hermine. Reçu par le roi au palais des Tuileries, il fréquente le duc et la duchesse d'Orléans. Déjà baron, Victor Hugo recevra le titre de vicomte en 1837 après la mort de son frère Eugène. Et dernière consécration, le chantre du romantisme entrera en 1841 à l'Académie. Comment ne pas admirer un tel père !

Mais pourquoi papa n'est-il pas toujours avec nous ?

C'est que Victor Hugo, repoussé par sa femme, a bien été obligé de chercher fortune ailleurs.

Victor Hugo un homme à femmes peut-être, mais sûrement pas un don Juan. Comme bien d'hommes de sa trempe – voir Napoléon Ier –, c'est un vrai sentimental. Une seule femme compte vraiment, celle qu'il ne pourra jamais séduire, à savoir sa propre femme. Ni Adèle Foucher, ni Joséphine de Beauharnais ne répondront jamais à l'attente du petit garçon dont elles héritent, rejetons de femmes fortes.

L'épouse déclarant forfait, il faut à Victor une femme de secours, une maîtresse de service, Adèle elle-même le souhaite implicitement – si toutefois cette femme ne prend pas trop de place dans le cœur de son époux ! Il faut que l'autre soit bonne, dévouée, discrète. On sait que cette perle sera mademoiselle Drouet, actrice de second ordre, qui jouait un petit rôle dans *Marion Delorme*, de Victor Hugo. Déjà mère d'une enfant illégitime, la jeune personne a derrière elle un passé tumultueux d'orpheline pauvre. Voilà qui ne peut que plaire au futur auteur des *Misérables*.

C'est Toto, c'est Juju. L'orpheline et l'homme délaissé se sont trouvés dans la simplicité des corps, l'explosion des sens. Juliette arrive à point, non seulement pour consoler le mari déçu, mais surtout pour permettre à Hugo de reconstituer son narcissisme. Repoussé par sa femme, l'amant insatiable, « vendangeur ivre », « lion superbe et généreux », risque de se voir en roi déchu. Juliette, la fille du peuple, va le réconcilier avec sa propre image.

Et Juliette comprend aussitôt ce que demande Victor Hugo. Pas seulement une amante mais aussi une femme, mais aussi une esclave et elle recopiera inlassablement ses manuscrits et le suivra partout, jusque dans l'exil. C'est en quelque sorte Juliette qui façonne le Victor Hugo que nous retrouverons sur son rocher de Jersey, puis à Guernesey, le « përissime » des enfants Hugo, le maître à penser de tous les proscrits.

Elle est assez fine pour savoir que tout créateur à besoin que l'on ait foi en son œuvre. Pour un Victor Hugo, en particulier, la création touche à l'ordre divin, et Juliette entre quasiment en religion. Elle sera la femme de l'ombre, présence invisible et insistante que les enfants sentent forcément à côté du père. Secret éventé mais non dit, réalité perçue mais volontairement tue, cette aventure qui devient vite une liaison plus conjugale encore que la conjugalité précipite la famille dans l'ambivalence. Il voulait être « premier en mariage », mais il a échoué. Reste l'union avec Juliette, il ne peut plus se passer d'elle.

Victor Hugo mène une double vie, les enfants le savent forcément. Comme ce serait bien si tu venais nous rejoindre, papa chéri. Mais papa est en voyage. Toutes ces lettres aimantes qu'il écrit à sa femme, comme s'il s'écrivait à lui-même, décrivant par le menu les lieux qu'il traverse, dessins à l'appui, n'abusent personne, Juliette est de tous les déplacements, Victor Hugo ne voyage pas seul. Qu'importe. Même s'il est souvent absent, il reste le père de famille, celui qui aime à avoir ses quatre enfants sur ses genoux.

« Mes deux filles ». « L'une pareille au cygne et l'autre à la colombe ». Toujours, dans ses lettres, des mots tendres pour ses enfants. Mon petit papa chéri, répondent les enfants.

Adèle, la benjamine, est plus belle peut-être que l'aînée, prétend Juliette Drouet. Mais Adèle, jolie, gracieuse, n'est qu'un double de sa sœur, un reflet dans le miroir, une confirmation nécessaire. Elles sont deux pour être une. Ma fille. Une fille en deux exemplaires, Didine et Dédé pour vous gémelliser. En consonances, votre père est passé maître. Il y a bien deux garçons entre vous, mais dans l'histoire il sont hors jeu. Ils ont leur vie, leur vie de garçons.

Rien de fracassant. Intraitable, la postérité ne parlera guère d'eux.

Vous, les filles, vous vous retrouvez ensemble, forcément, malgré les six ans d'écart. Tapisserie, piano, écriture, soirées au coin du feu, pendant que le père travaille, que la mère est songeuse. À quoi rêve-t-elle ? Ce regard qui s'éloigne, fuit la maison. Maman n'est-elle pas bien avec nous ? Qu'y a-t-il de si séduisant hors de la famille ? Et si les femmes en brodant s'évadaient vers quelque région ensorcelée qu'effleurent leurs doigts sur le tissu ? Nous aussi, plus tard, nous rêverons, telle Pénélope, un sourire errant sur les lèvres ?

Famille unie, heureuse ? Un enfant sait-il qui sont ses parents ? Étranges ces êtres que l'on voit de face, le regard soudé au nôtre comme pour l'éternité, des parents comme des statues, uniques, inamovibles, puis de dos, à leurs affaires, leurs amours, tels des corps flottants que l'on a du mal à recaler dans l'espace.

Les enfants vivent une enfance heureuse, de ces enfances protégées où la tendresse tente de masquer les blessures. À Saint-Prix, dans le château loué par Hugo pour la famille ou aux Roches, chez les Bertin, à Bièvres, ou encore au Château de la Terrasse, à Fourqueux, près de Saint Germain-en-Laye, les enfants rappellent les personnages de la Comtesse de Ségur. Ils sont tous là, comme en vignettes : les vilaines Sophie, les raisonneuses Marguerite, sans oublier le cousin Paul, si naïf, si généreux...

« Dédé est bien méchante parce qu'elle est très jalouse, mais je l'aime tout de même parce qu'elle est très jantie », écrit Didine à l'amie Louise Bertin. C'est qu'Adèle profite de l'absence de sa sœur pour lui prendre sa poupée et Léopoldine reviendra souvent sur ce point. Ces jouets des aînés, quelle tentation ! Pourquoi n'y aurait-on pas droit ?

Poupée, dînettes, jeux avec les frères, cabane dans un coin du parc construite par Adèle et François-Victor, son chevalier servant, dit Toto. Il y a bien la tante Martine qui cherche à effrayer la petite Adèle avec des histoires de revenants et la condamne ensuite au cabinet noir. Trou noir dans l'écorce du monde, les revenants me tirent tout au fond, et le noir se fait dans ma tête. Mais quelle enfance n'est pas assaillie par ces images terrifiantes ?

« Je vous assure qu'elle parle très bien et qu'elle écrit mieux que moi.», écrit Victor Hugo au sujet d'Adèle, en décembre 33. Adèle a deux ans et demi.

Papa l'a dit, j'écris mieux que lui. Adèle s'en souviendra. L'écriture, déjà, qui rôde.

Tout va bien. Adèle semble pousser normalement quand survient cette « fièvre cérébrale » qui va durer plus d'un mois. Fièvre cérébrale. Encore une maladie de l'époque. On retrouve ce terme dans *Pauvre Blaise* de la Comtesse de Ségur quand le vilain Jules, torturé par le remords, est en proie à un délire qui met sa vie en jeu. Chez la comtesse de Ségur, partisane de la confession, vous ne guérissez d'une telle fièvre qu'en avouant vos fautes. Le bon Dieu y veille. Mais si vous n'avouez pas, si vous persistez dans votre vilenie au risque de faire accuser un innocent à votre place, alors pas de pardon. Vous pouvez mourir dans de terribles souffrances ! Jules, en pleurs, finira par tout dire. Oui, le coupable c'est lui. Après l'aveu, la fièvre tombera aussitôt.

Et Adèle ? Elle sait des choses, Adèle, qui la traversent de part en part et qu'elle voudrait dire. Les mots explosent sur les lèvres, après tout elle n'est encore qu'une enfant. Mais elle voit tout, et c'est terrible. Tout c'est trop. Cette femme, échevelée, hagarde, qui sans cesse revient devant ses yeux, qui est-ce donc ? La femme prétend, horreur, qu'elle s'appelle Adèle Hugo et qu'elle est la sœur de Didine. Comme si une petite fille, mignonne à souhait, tous le disent, pouvait devenir un jour cet être spectral. Chassons l'image, et revenons à notre époque, nous n'avons encore que trois ans, trois ans et demi.

Ce qui frappe dans la maladie d'Adèle c'est la description que donne le père de la petite fille : « … triste, pas un sourire, maigre et pâle dans un grand fauteuil. » Adèle pleure quand on veut la faire rire et redoute le bruit que font les grands frères.

Les parents s'inquiètent. C'est tout de même bizarre cette maladie qui dure. Comment ne pas penser à l'Adèle d'aujourd'hui, trente-trois ans, que nous avons vue à Guernesey, la fille au chignon qui erre dans la maison tel un fantôme et ne dit mot ? Comment ne pas penser à la fièvre qui s'emparera plus tard d'Adèle sans plus jamais la lâcher ?

« La fièvre cérébrale s'est transformée en fièvre typhoïde », écrit Victor Hugo. Typhoïde c'est plus rassurant. L'enfant finit par guérir au bout de deux mois. Et elle tient sa place. Un peu solitaire mais décidée « avec tout son petit ménage à part », note le grand-père, Paul Fouché. « Pour Dédé, dit-il encore, elle s'y prend trop bien et de trop bonne heure pour n'être pas aussi elle une femme remarquable, une femme supérieure. »

Remarquable, supérieure, c'est bien ainsi que se verra Adèle. En elle le destin parle et lui souffle qu'elle est un être d'exception. Mais déjà, comme le souligne le grand-père, elle se place en marge des autres.

Ses premiers souvenirs se situeraient place Royale, devenue aujourd'hui place des Vosges, où la famille habite depuis octobre 1832 un appartement en location au deuxième étage. Horizon vaste. Le soleil qui joue sur la place se brise sur les grandes fenêtres à meneaux. Dehors, une échoppe de menuisier, des fiacres qui attendent, des chevaux qui piétinent, des silhouettes qui passent, les robes raclant le sol. Peut-être l'appel au loin d'un rémouleur agitant sa clochette.

Léopoldine, la grande, joue auprès de sa sœur un rôle quasi protecteur et Adèle est en adoration devant elle. Didine, si gaie, si ouverte, est son modèle, son étoile. Vive, légère, elle sait se faire aimer de tous. Comment s'y prend-elle ? Sentiment d'infériorité. Moi, si sombre, si terne, je ne pourrai jamais égaler une sœur aussi parfaite. Adèle aime déjà Didine d'un amour étrange comme on aime ces aînés qui semblent détenir le secret. Si seulement j'avais cette grâce tranquille, moi aussi je pourrais venir dans le bureau de papa, regarder les manuscrits, les toucher.

Le père s'est tout de même fâché quand les enfants, en jouant, ont jeté des pages au feu

« Pour jouer, pour voir, pour regarder ». Ensuite il a regretté son mouvement de colère et l'a dit dans un poème. « À des oiseaux envolés »

Léopoldine a six ans de plus qu'Adèle et il va falloir vivre la séparation. D'abord le mariage, ensuite la mort. C'est Auguste Vacquerie, un jeune poète, qui sera, bien innocemment, l'instrument du destin.

III

« Je vous aime, je vous admire ». Vénération, dévotion. Quel artiste important n'est pas ainsi sollicité par de jeunes admirateurs ? Avec Hugo, la magie est à son comble. Le verbe de l'homme-Dieu foudroie l'univers. Auguste inonde Victor Hugo de ses poèmes dont il sait qu'ils ne pèsent pas lourd à côté de ceux du maître. Mais à quoi sert d'écrire si l'on ne montre pas ses œuvres à qui saura les juger ? Auguste place la barre très haut. Il a choisi de tomber aux pieds de Victor Hugo, le poète français le plus célèbre de son temps. Disciple dévoué, il devient vite un familier des Hugo qu'il invitera au Havre, chez sa sœur, puis à Villequier, chez ses parents.

Venez, cela nous ferait tellement plaisir. Nous serions si honorés de vous avoir chez nous. Sur les instances d'Auguste Vacquerie, madame Hugo se rend à Villequier, en Normandie, dès l'été 39 avec ses quatre enfants. Tout est en place pour le drame.

À Villequier la famille Hugo est reçue avec une grande chaleur. Peut-être la récente vicomtesse Hugo se montre-t-elle un peu hautaine devant ces bourgeois normands qui vivent simplement. Elle a d'ailleurs pris soin d'amener sa cuisinière avec elle. Mais l'atmosphère paisible et surtout l'attention dont ils sont l'objet poussent les Hugo à revenir plusieurs fois séjourner chez leurs amis Vacquerie.

Enthousiasme, sérénité. Le temps s'élargit, le calme s'étend sur l'espace environnant. Le jardin des Vacquerie descendait à l'époque jusqu'au fleuve. « Le matin, je regarde l'eau de mon lit », écrira plus tard Léopoldine à ses parents. Triple horizon, l'eau, la verdure, les nuages sans cesse recommencés, avec le mât des bateaux qui sillonnent le fleuve. Relève des pilotes : ceux du fleuve cèdent la barre à ceux de l'estuaire. À Villequier, le bras de la

Seine respire déjà la mer et il fait bon y naviguer. Comme on est bien ici, dans cette ambiance chaleureuse, loin des mondanités de la capitale.

Des amitiés se nouent. À Paris les garçons se fréquentent, s'invitent pour des soirées de « porc aux choux » auxquelles se joint Paul Meurice, condisciple d'Auguste, qui fera lui aussi une carrière d'écrivain et sera avec Auguste l'exécuteur testamentaire d'Hugo.

Les familles sont de plus en plus proches. Si proches que Léopoldine, quinze ans, tombe amoureuse de Charles Vacquerie, le frère aîné. Romance secrète. Adèle, encore une enfant, devine-t-elle les amours de sa sœur ?

Elle a bien vu, en tout cas, comment les deux frères tournaient autour de sa sœur. Ces regards dérobés, ces sourires, ces voix soudain plus aiguës, forcées même, comme si tout un monde inconnu vibrait derrière les mots. Adèle n'était encore que la petite. Se souviendra-t-elle plus tard qu'Auguste Vacquerie, avant de tomber amoureux d'elle, s'intéressait de très près à Léopoldine ? C'est à regret qu'il se serait effacé devant Charles, son frère aîné. Les vers amoureux de *L'enfer de l'esprit* lui auraient été inspirés par Léopoldine.

Quelques séjours à Villequier, le temps que la jeune fille grandisse et déclare son intention de se marier avec Charles. Adèle est atterrée. Sa sœur bien-aimée la quitterait ? Non, ce n'est pas possible. Léopoldine envolée, ne s'ouvrirait devant Adèle que le vide. Toute une vie à décider toute seule comme si elle était une grande. Vous l'imaginez obligée d'accoucher d'elle-même ! Croyez-vous qu'elle en aura la force ? Ne voyez-vous pas cette vague de boue qui menace de l'engloutir ? Non, Didine ne doit pas la quitter.

Adèle n'a-t-elle pas eu finalement gain de cause ? La sœur morte n'est elle pas retournée pour toujours auprès d'Adèle jusqu'à répondre à l'appel par le truchement des tables tournantes ? Adèle, en tout cas, voudra le croire. Oui, Didine reviendra lui parler et lui prodiguer ses conseils. C'est à la morte qu'Adèle arrachera longtemps les phrases de l'ombre qui la travaillent, jusqu'à ce qu'elle les reçoive en direct dans sa propre chair quand toute défense sera abolie.

Pour l'instant Adèle souffre. « Quel mal ai-je donc fait pour souffrir ainsi ? »

Que ta sœur déserte le domicile familial, c'est pour toi un véritable arrachement. Sans l'aînée, tu n'es plus qu'une écorce vide. Léopoldine était ton modèle, ta référence, elle te servait de repère, de rempart, et maintenant tu te retrouves en première ligne.

Quand l'aînée annonce son intention d'épouser Charles Vacquerie, Adèle n'est pas seule à souffrir. Victor Hugo, le père, accepte mal cette nouvelle. Sa fille amoureuse ? Comment est-ce possible ? Hier encore elle était à lui. Lui, le père, le génie des lettres n'est donc plus le préféré ? Le cœur se fend à l'idée que cette enfant que je fis, cette femme déjà, soit pour un autre. L'esprit, c'est de moi qu'elle le tient, c'est moi qui ai façonné son âme. Ne l'ai-je pas sanctifiée rien que par les vers qu'elle m'inspirait ? À peine éclose, elle s'en irait déjà au bras d'un autre homme ? Moi, le père, on m'enlèverait ma fille quand justement elle devient une femme ?

Il n'y a guère qu'un Molière pour pouvoir épouser sa propre fille. Tel le Jean Valjean des *Misérables*, Victor Hugo souffre que sa Cosette aime ailleurs.

Ce mariage se présente pourtant sous les meilleurs auspices. Famille, moralité, le fiancé est bien sous tous égards mais ne peut-on rêver mieux qu'une existence provinciale pour cette perle que son père emmenait avec lui dans les milieux parisiens les plus cotés ?

Le père connaît « ce bonheur désolant de marier sa fille » – phrase écrite le lendemain du mariage. Les images abondent. Sa tristesse, Victor Hugo la compare à celle du rosier au moment où la main d'un passant lui cueille sa rose. On songe au poème de Gœthe « *Ein Röslein* » : cueillir une rose, c'est la casser. L'histoire, hélas, donnera raison au poème. Loin de son père, la rose mourra. Le mari, même au prix de sa propre vie, ne pourra la sauver.

Léopoldine n'était plus la vierge tendre. C'était une femme, ce serait bientôt une mère.

Le père se résigne : « Donne-nous un regret, donne leur un espoir ». Finalement ce mariage est une bonne chose. Les Vacquerie sont nos amis, nous ne la perdons pas vraiment.

Les jours passent. Léopoldine est heureuse, le père lui-même est obligé de le constater. Devant le bonheur de la jeune femme bientôt enceinte, il finit par se rassurer. Léopoldine attend son mari, attend son enfant en brodant les armes de la famille pour le fauteuil de chêne, actuellement à Guernesey – travail qui devra être terminé par sa mère.

Bonheur de courte durée. Léopoldine s'est mariée puis elle est morte, échappant définitivement à l'emprise du père.

Quelques mois de bonheur et c'est la catastrophe. Larges boucles de la Seine, près de Rouen. On peut y rêver ou s'y noyer de façon romantique. Oui, Léopoldine voyait l'eau de son lit, l'eau traîtresse qui allait l'engloutir, l'éloigner des siens plus définitivement que le mariage. Eau du fleuve pour Léopoldine, eau de l'océan qui allait séparer Adèle de sa famille et plus tard d'elle-même

Belle journée calme. Ce jour-là Charles Vacquerie avait prévu une course en canot jusqu'à Caudebec et après hésitation, Léopoldine avait décidé au dernier moment de l'accompagner.

Ce serait une matinée limpide. Le soleil brillerait, et Léopoldine porterait une robe légère. On avait bien essayé de les décourager. Pas un souffle de vent pour gonfler la voile, vous allez mettre des heures. Vous iriez bien plus vite par la route. Qui écouterait ces sages propos quand le temps clément invite à une virée sur l'eau ? Laissez-nous faire. L'oncle Vacquerie, ancien marin, se fait fort de conduire la compagnie à bon port. Avec son expérience, vous pensez ! Et pour faire bonne mesure, son fils Artus, onze ans, a grimpé lui aussi dans le canot !

On a parlé de coups de vent alors qu'il s'agirait plutôt, selon les connaisseurs, d'un coup de mascaret. La collusion de courants contraires aurait provoqué une gîte exagérée. Mal lestée, l'embarcation où a pris place la compagnie s'est retournée et tous les occupants ont péri noyés. On dit même que le jeune marié a plongé six fois pour tenter de repêcher sa femme, et c'est ainsi qu'il a sombré. N'ayant pu la sauver, il a voulu mourir. L'amour et la mort. La rose gît au fond de l'eau.

Victor Hugo revient d'un voyage en Espagne avec Juliette quand il apprend la catastrophe, quelques jours plus tard, par un entrefilet dans le journal *Le Siècle*. Monsieur et madame Georget, tel était le nom qu'ils prenaient dans leurs voyages, sont effondrés.

Oui, le père était absent, errant sous un nom d'emprunt, tandis que la mort de sa fille était rendue publique. Ce terrible drame, Hugo en fait des vers, insinue Ionesco qui ne le ménage pas dans son *Hugoliade.* Peut-être, mais la douleur du père est immense.

Adèle a treize ans quand meurt Léopoldine. Ta sœur n'est plus. Tu ne la verras plus broder le coussin rouge du fauteuil ni cueillir des fleurs. Tu ne l'entendras plus rire. Vêtements de deuil, silence mortel, on glisse avec précaution sous le portrait des époux, que dis-je, les nombreux portraits accrochés aux murs comme pour apprivoiser la mort ou la nier. Non, ils ne sont pas morts, regardez les nous sourire. Et pour nous, pas question de les oublier, leur image est là, qui veille.

Désormais il va falloir apprendre à vivre avec les défunts. Toi, Adèle, tu vas grandir sous le regard des absents. Léopoldine, désormais, occupe toute la place, tu ne peux lui en vouloir, un mort a tous les droits.

C'est ta sœur qui reçut un jour une poupée de madame Adélaïde, la sœur du roi – est-ce la poupée que tu lui jalousais ? C'est elle que le père emmenait au théâtre voir *Lucrèce Borgia*. avec Mlle George dans le rôle-titre. C'est elle qu'il présentait plus tard à ses amis, Liszt, Nerval. Toi, tu étais encore petite.

Quelque chose se glace en toi. Des deux filles, tu es la survivante. La famille, ton père surtout, va-t-elle te le pardonner ? Tu as peur d'eux, de lui. Sa fille chérie est partie et toi tu restes là, informe encore, pâle copie de la disparue. Oui, ton père t'aime, mais quand il te voit, sûrement il ne peut s'empêcher de voir l'autre, l'absente. Tu n'es plus en ces moments qu'un écran transparent derrière lequel se profile une autre silhouette. Tu es là, mais c'est l'autre qui occupe les lieux, et si la porte reste ouverte, c'est dans l'espoir vain de la voir surgir. À moins qu'elle n'entre vraiment ; le verbe du père peut aussi bien déchaîner les orages sur l'océan que faire surgir une jeune personne, derrière un écran de brume, qui serait sa fille morte.

Léopoldine signifiait la victoire sur la mort, celle du petit Léopold, le premier né, et le père était sous le charme. Séduction réciproque. « J'étais pour elle l'univers ». Le bonheur de la voir *le* regarder. Légère comme l'oiseau, la petite fille venait le matin dans la chambre du père, remuait les papiers, gazouillait, posait des questions, sûrement inattendues, papa, c'est quoi ce livre, cet objet, ce dessin ?, puis disparaissait.

Peu de poèmes sur Adèle, la survivante, qui la désignent autrement qu'en sœur de la morte. Ce vide dans le texte du père, comment va-t-elle le combler ?

En Adèle repose Léopoldine. Ne suis-je désormais que le cimetière de l'autre ? C'est en moi qu'elle est morte et parfois elle m'écrase.

Quand tu te rends avec ta mère à Villequier en 44 chez les Vacquerie qui pleurent aussi leur fils et les autres victimes, ton père te recommande de t'amuser, de rire, de courir, de jouer et d'être heureuse – mais aussi de rapporter une fleur, ou un brin d'herbe cueilli sur le tombeau. C'est qu'il ne faut pas oublier la morte. Tant pis si dans l'histoire on oublie un peu la vivante.

Adèle, un double ? À moins que ce ne soit l'inverse. Que Léopoldine, la sage, la « normale », lui ait donné en mourant la possibilité d'accomplir un véritable destin romantique. La mort de l'une précipite l'autre dans le deuil, la mélancolie, et l'expose directement à cette fièvre qui est en elle et qui finira par l'envahir. Pour l'une, c'était un accident, pour l'autre une fatalité.

Les reflets ne meurent pas plus que les doubles. Adèle survivra à toute sa famille. La folie conserve.

Adèle n'a encore que quatorze ans. Frères, sœurs, nous sommes pris dans un même maillage serré, si l'un bouge, l'autre aussi, et si je résiste, je risque de m'étrangler. Se ressembler ou s'opposer, l'alternative est toujours la même, surtout quand on est du même sexe. Victor, lui, s'est toujours senti coupable vis-à-vis de ses frères. Les trois garçons étaient doués pour les lettres. Nés en même temps à la littérature, Abel et Victor vivaient dans une relation quasi fusionnelle. Mais Abel, l'aîné au nom prédestiné, écrivain lui aussi, était rapidement dépassé par le benjamin. Celui que l'on fêtait c'était Victor. À quinze ans Victor est déjà sacré poète et rate de peu le Prix de l'Académie. À vingt-trois ans il est fait chevalier de la Légion d'honneur. Quant à l'autre frère, Eugène, le cadet, presque le jumeau, tenté lui aussi par l'écriture, il a préféré devenir fou. Déjà, dans sa jeunesse, il avait donné des signes de dérangement. Mélancolie, agitation. La vraie crise avait eu lieu le jour du mariage de Victor et d'Adèle. Le frère au cerveau fragile n'avait-il pu supporter le bonheur de Victor ? Était-il secrètement amoureux de la mariée ? L'amour, la littérature, la célébrité, Victor avait tout ce que l'on peut désirer. Que restait-il à Eugène avec sa maigre production ? Toujours est-il qu'il fallut ce jour-là transporter le malheureux à la maison de santé où officiait le docteur Esquirol.

Le thème des frères ennemis revient souvent sous la plume de Victor Hugo, le Caïn de l'histoire. Son Abel, il ne l'a pas tué, mais il l'a en quelque sorte enterré. Dans *Les Jumeaux*, par exemple, ce drame inachevé qui explore le thème du Masque de fer, l'un des jeunes princes mis au cachot est affublé d'un masque effrayant tandis que l'autre bénéficie de tous les privilèges. Lumière pour l'un, ombre pour l'autre, plus j'irradie plus tu t'obscurcis. On retrouve ici Victor face à ses frères, Abel aux ailes coupées, et Eugène, embastillé dans sa folie.

Changement de statut après le mariage de Léopoldine. Adèle qui dormait jusqu'ici avec sa mère dans l'appartement de la place Royale, est maintenant transférée dans l'ancienne chambre de Léopoldine. C'est une jeune fille.

Dans le couple sororal, Adèle est maintenant sur le devant de la scène. À elle de faire ses preuves, avec l'aval de la morte, et de remplir à elle toute seule la fonction de fille. Puisque Léopoldine lui a transmis le flambeau, elle doit se montrer à la hauteur. Après tout elle est une demoiselle Hugo. Fierté, soudain, d'être devenue l'unique.

« J'ai dîné hier à la place Royale, écrit Balzac à madame Hanska, l'Étrangère, sa future femme. La seconde fille de Victor Hugo est la plus grande beauté que j'aurai vue de ma vie. »

IV

« ... L'exil existe en dehors du lieu d'exil. Au point de vue intérieur, on peut dire : il n'y a pas de bel exil », écrit le père.

Pourtant, lui saura en tirer bénéfice. Mais pourquoi s'être ainsi exposé à être banni de son pays ? Où est passé le jeune monarchiste qui vivait d'une pension octroyée par Louis XVIII et qui plus tard honora d'une longue ode le sacre de Charles X ? Victor Hugo, fait autrefois chevalier de la Légion d'honneur par Charles X, a choisi son camp. Il sera désormais républicain.

Mais il ne veut pas de révolution. Élu député en juin 48, Hugo est prêt à parler aux foules. Il va même inciter les ouvriers insurgés à baisser les armes. Peine perdue, les rebelles ne se laisseront pas fléchir.

On a vu le poète planter l'arbre de la liberté, place Royale, devant son propre domicile. Trait d'union entre terre et ciel, l'arbre, avec ses pousses sans cesse recommencées, symboliserait la force vive de la nation. Partout en France, de la métropole aux colonies, l'arbre se dresse tel un trophée pour signifier la victoire populaire.

Le résultat ce sera Louis Napoléon Bonaparte, le neveu de Napoléon, aux commandes de la deuxième République. Déçu par l'attitude du gouvernement, Hugo prend rapidement parti contre le Président de la République. S'il a souhaité autrefois le retour des Bonaparte, comme le prouve un discours de 47, Hugo réagit violemment au coup d'état du 2 décembre 1851 qui établit un régime autoritaire. Parjure, Louis Bonaparte assassine la République, comme le poète n'hésite pas à le proclamer haut et fort ! Et Hugo a de la voix. Désormais le poète est entré dans la lutte.

Le couperet tombe. Victor Hugo est peut-être considéré à l'époque comme le plus grand poète français, mais s'il se mêle de condamner le Président en ces termes injurieux, sa présence sur notre sol est indésirable. Il ne peut représenter qu'un danger pour la paix. En décembre 1851, la tête de Victor Hugo est mise à prix : vingt-cinq mille francs de récompense à qui arrêtera le rebelle. Sans l'extraordinaire dévouement de Juliette Drouet, c'en serait fait de lui. Au péril de sa vie, Juliette avertit Victor et l'aide dans sa fuite.

Vient alors pour Hugo et sa famille le temps de l'exil. Colère, tristesse. Mais aussi joie secrète. Comme il est bon, comme il est excitant d'être condamné pour avoir servi la vérité, le bon droit. Pendant les vingt ans qui suivent, Hugo ne faillira pas. Ne comptez pas sur lui pour se taire. « S'il n'en reste qu'un, je serai celui-là. »

Pour l'instant il a neuf bouches à nourrir. Banni de France, Victor Hugo s'est d'abord installé à Bruxelles, suivi de la fidèle Juliette

Drouet qui a veillé scrupuleusement sur la précieuse malle de manuscrits.

1852. Le père est en exil à Bruxelles, les deux fils en prison. À la jeune Adèle, reste la charge, avec sa mère, de vendre à l'encan le « magnifique mobilier gothique » de l'appartement situé rue de la Tour d'Auvergne qu'occupaient maintenant les Hugo. Vente forcée qu'exige la situation. C'est Adèle, la fille, qui établit le catalogue des meubles et objets dont certains seront sauvés de la vente pour être ensuite acheminés à Jersey. Par exemple ce portrait de Léopoldine, coiffée d'un bonnet blanc, ou celui d'Adèle, assise sur le fauteuil rouge, que l'on retrouvera à Hauteville House.

Vingt-deux ans déjà. Une lourde chevelure, des yeux noirs, une silhouette déliée. Évanescente et mélancolique, Adèle est une vraie beauté.

Les meubles ayant été enlevés, elle se retrouve maintenant avec sa mère dans un appartement vide. Finies les brillantes soirées parisiennes où se rencontrait l'élite. Aujourd'hui peu de visiteurs. Qui fréquenterait encore la famille du proscrit ? C'est que Victor Hugo s'est fait beaucoup d'ennemis. Adèle est triste mais il y a à cela des raisons objectives. Après le deuil qui pèse encore sur la famille, voici maintenant l'esseulement. Bientôt ce sera également l'exil. Alors que Victor Hugo s'installe avec panache dans le rôle du grand proscrit, Adèle et sa mère se sentent dangereusement exclues du monde.

Ne nous plaignons pas. Au moins, nos hommes sont vivants. Le père écrit des lettres tendres à sa fille afin de lui adoucir l'exil. « Dis à ma petite Adèle que je ne veux pas qu'elle pâlisse ni qu'elle maigrisse ». De toute façon il faut accepter. Mais l'avenir n'offre guère de perspectives réjouissantes. Devant les coups du destin, Adèle se recroqueville. Quand une émotion forte viendra percer cette carapace qui commence à se former autour d'elle, ce sera terrible. Comme un individu privé de boisson, que l'on abreuverait trop brusquement, la rencontre avec le lieutenant Albert Pinson va lui être fatale. Mais nous n'en sommes pas encore là.

Et voici les deux Adèle, escortées du fidèle Auguste Vacquerie, en route pour Jersey où elles vont retrouver en août 1852 le grand exilé.

Jersey, dit Victor Hugo, dans *Les travailleurs de la mer*, se serait détachée de la France en l'an 69 du fait d'un « coup de mer ». Est-ce à dire que Jersey, bien qu'anglaise, reste liée au continent telle le poète banni de France suite à des bourrasques politiques ? « Tous les naufragés y viennent, celui-ci des tempêtes, celui-là des révolutions. » N'empêche, reste la brisure, la fracture.

Douceur des paysages, fureur des mers, tout semble faire de ce refuge fouaillé par les vents un livre du monde. « Ile, elle a l'océan ; roche, elle est la montagne. » Victor Hugo est enchanté par les lieux. Ici, dans cette nature contrastée, pics rocheux, landes, maquis, où les éléments se conjuguent pour un film à grand spectacle, la divine comédie se joue en direct.

Magnolias, lauriers roses, hortensias bleus, asters, fuchsias, myrtes, et même l'agapanthus, cette drôle de fleur d'ail qui s'élance sur sa tige, aujourd'hui encore les fleurs sont au rendez-vous à l'assaut des cottages aux noms français. Je goûte le plaisir d'avancer sur un *green lane* au milieu des bougainvilliers, des asphodèles, en ignorant le bruit des moteurs, puisque cela n'existait pas du temps des Hugo, et qu'on y rencontrait plutôt charrettes à bras ou attelages.

Grève de Lecq, baie de St Ouen, récifs de Rozel, Victor Hugo arpente les lieux avec extase. Une île, il faut en faire le tour, se convaincre que ce morceau de terre est bien fermé sur lui-même condensant ainsi tous les rêves et toutes les peurs. Jersey comme plus tard Guernesey ce sera le jardin du poète, son château d'If. Puisqu'on le force à l'exil, il prend possession du domaine. À peine installé dans l'île, il en devient le maître. Il parcourra les grèves sans se lasser, se cachera dans les dunes, escaladera les rochers. « Le site de

Gorey est le plus bel endroit que j'aie jamais vu. », dit-il dans l'exaltation de la découverte.

Gorey. Y aurait-il un rapport entre ce site et la trop fameuse île aux esclaves, sur la côte africaine, d'où partaient autrefois les navires négriers ? Les fils du récit se croisent à mesure, et déjà Adèle nous suggère d'en tirer un qui partirait de Gorey, en Afrique, pour aboutir à la Barbade, l'île de sa folie, en passant par Jersey où elle arrive à vingt-deux ans pour le premier acte du drame. Notons par ailleurs que c'est à Gorey que François Truffaut tournera les scènes de son film, *Adèle H.*, censées se passer à La Barbade.

À mon tour de faire le tour de l'île en me fiant autant que possible aux indications de Victor Hugo. Partout la mer précipite ses rochers sur les brisants tout en offrant d'aimables trouées, de longues plages au sable étincelant. Partout l'île d'hier, clamée par le chant du poète, perce sous celle d'aujourd'hui.

Soulever la calotte des heures, repérer l'empreinte des pas, hier encore Victor Hugo arpentait ces lieux, s'en pénétrait. Ici, on entre en direct dans le poème.

Le « pèrissime » a jeté son dévolu sur une « cahute blanche » située à un quart de mille de St Hélier, grève d'Azette, route de Gorey. La ville n'est pas loin, ces dames pourront facilement se distraire à St. Hélier, laisse entendre le père. Car il faut les amadouer. Surtout la jeune Adèle qui tient à rester près de la ville. C'est qu'après la mort de sa sœur, elle a connu à son tour la fièvre de la vie parisienne, et y a pris goût. Chez les Hugo, on recevait beaucoup et Adèle, courtisée par l'élite, tenait bien son rang.

L'exil, passe encore, mais une capitale aurait été bien préférable. Si le père a choisi de quitter Bruxelles, c'est qu'il avait promis de ne pas prendre de positions politiques publiques tant qu'il serait sur le sol belge. Les discours enflammés, les prises de position hérétiques ne sont pas de mise. Ou il met une sourdine à ses apostrophes ou il quitte les lieux.

À cause du père, nous voici maintenant échoués sur une île, tel un vaisseau à la dérive.

Qu'ici au moins, dans cette île, la vie ressemble à la vie, quand nous n'étions pas encore des parias, des moins que rien, indignes selon les autorités de rester en France de peur que notre seule présence ne contamine le pays. Le père, indigne ? Les frères, indignes ? Pis que cela : dangereux, fauteurs d'ordre. Et l'ordre, désormais, ce sera le futur Empereur, sanglé dans son uniforme.

D'une île à l'autre, ainsi s'ébauche le roman d'Adèle. Car nous sommes déjà dans l'écriture. Résonance infinie des lieux qui définit une trajectoire, comme si, en abordant à Jersey, Adèle entrait dans son personnage d'exilée intérieure. Cet exil forcé, Adèle va paradoxalement en épouser la violence. C'est dans cet écartèlement que jaillira cette flamme obscure qui déjà l'embrase. Ile, exil, tout s'enchaîne pour conforter Adèle dans son destin.

Pour Adèle, l'île signe une cassure sans appel. La cassure même de son être. Même à Halifax, en Nouvelle Écosse, presque une île d'ailleurs, où elle passera plusieurs années, elle sera toujours sur une île, voire un îlot, celui de son désespoir acharné.

Ne nous parlez pas d'île au trésor, de mythes insulaires, pour l'instant Jersey n'est qu'une punition, une mise à l'écart, et pour les deux femmes une mise au rancart. Si l'homme-Dieu ne cesse pas pour autant d'écrire, donc de donner de ses nouvelles au monde, si le lien jamais ne se rompt, qu'en est-il des autres, et surtout de la jeune Adèle qui passe de la rumeur excitante des salons à la solitude de ce morceau de terre où l'on ne parle même pas français ?

Où se tourner ? Car l'île sous-entend de façon obsédante le départ, réel ou imaginaire. Sur l'île, on n'est jamais arrivé, on est seulement laissé pour compte. Et la menace des éléments se fait davantage sentir que sur « la terre ferme ». À quoi s'agripper quand la tourmente se déchaîne ? Balayée par les vents qui se croisent, soulevée par les fonds marins, l'île va-t-elle résister ? Une île ? Vous voulez dire un isoloir ? L'île n'est-elle pas l'endroit idéal pour éliminer l'élément rétif ? Vous pourrez toujours crier, on ne vous entendra pas. Et si l'île nous prenait pour toujours dans ses bras telle la nymphe Calypso ? Car l'île peut aussi ensorceler, Ulysse le savait bien qui, à peine libéré de Circé « la drogueuse », fut retenu sept ans aux mains de la belle Calypso. On l'imaginait vivant, personne ne savait où il avait échoué. Et s'il était « ... captif au bout des mers, qui sait, dans une île aux deux rives, aux mains de quelque peuple intraitable et sauvage qui le retient de force ? » Mais le pire danger ne serait-il pas que l'île elle-même vous attache au point de vous faire redouter de quitter ce refuge qui vous écarte en principe des conflits ?

Partir, oui, on ne songe qu'à cela, mais une force, aussi, vous cloue sur place. L'île prison n'est-elle pas le dernier refuge, sorte de bouée sur l'océan du monde où l'on compte sourdement être épargné par la vie qui va, celle qui fait les empereurs et les révolutions, les gloires et les déchéances ?

Pas d'inquiétude à se faire, Hugo tel Ulysse « reverra le pays de ses pères ; quand il serait lié d'une chaîne de fers (l'exil) il saura revenir : il a tant de ressources ! »

Victor Hugo a vite compris les avantages de la situation. Sur le sable mouvant de l'exil, il est plus actif que jamais. Séparé du continent, détaché de la masse, il peut enfler la voix, c'est-à-dire créer. « On a la mer immense pour prison. On n'a plus l'avenir, mais on a l'horizon ». Seuls les Immortels, autrefois, avaient accès aux îles car ils savaient nager et voler. Ici le poète élabore son immortalité.

Va pour le père. Mais la fille ? Que peut-elle attendre de cette existence sinon qu'on lui trouve quelque prétendant au rabais afin de mieux la fixer. Un mariage arrangerait tout ! Voilà qui sied aux filles. Les plus récalcitrantes finissent par céder devant l'homme et ses rodomontades.

Qui ne serait flatté d'épouser la fille du grand homme ? Mais il faudrait qu'Adèle y consente. Elle a déjà refusé maintes demandes en mariage qui semblaient raisonnables. Autochtone ou proscrit, aucun prétendant ne lui convient. Aucun ne la fait rêver. Il faudra pour la toucher l'homme venu d'ailleurs.

Elle aussi partira. Elle s'en ira sur les flots. Un homme viendra qu'elle ne connaît pas encore. Attendre, c'est déjà voir venir.

Les bateaux ne manquent pas, steamers ou bateaux à voile qui sillonnent l'horizon ou viennent jeter l'ancre dans la rade. Un jour, sûrement, nous pourrons survoler les mers. Que d'inventions qui hier encore semblaient impossibles et aujourd'hui se réalisent ! Mais ce temps n'est pas encore venu, le ciel est chasse gardée des oiseaux, et le bateau reste le seul messager d'espoir dans cette immobilité où nous fige l'existence dans l'île.

La maison choisie par le père n'est pas mal située. Elle a même un certain charme, avec son jardin touffu courant jusqu'à la mer. Mais comment les deux Adèle ne deviendraient-elles pas mélancoliques devant cette mer à perte de vue qui se retire au loin pendant les marées, découvrant, émergeant de la brume, un arsenal infini de roches éparses, ces « crapauds rocheux » dont parle Hugo, toute cette sauvagerie qui exalte le poète, lequel vantera même le jardin inculte où Publo le chien et Milton le chat s'ébattent en toute liberté, et regrettera plus tard qu'on le pousse à aménager les lieux en jardin avec losanges et allées bien dessinés ?

Que la maison soit hantée par une Dame Blanche, hantée comme le sera Hauteville House, à Guernesey, n'est pas pour déplaire à Victor Hugo. Un poète ne doit-il pas habiter au sein même du poème, là où tremblent les certitudes ?

La dame blanche, on la connaît dans le pays. Quelqu'un a même tracé, à l'époque, une croix entre la mer et le mur de la terrasse pour conjurer toute influence néfaste. Souvent elle erre devant la maison. Il y a pire : la nuit, elle pénètre dans les lieux, feuillette les papiers du maître, souffle les bougies et peut-être nous effleure de ses voiles. Que cherche-t-elle ? Il faudrait pouvoir l'aborder, lui demander une bonne fois ce qu'elle veut. Mais quand elle donnera rendez-vous, la nuit, par l'intermédiaire des tables tournantes, personne dans la famille n'osera s'aventurer à sa rencontre.

En face de la maison, le fameux Rocher des proscrits, pierre brune et luisante sur laquelle Victor Hugo se fera photographier par son fils Charles. Le grand homme doit marquer son passage, faire savoir à tous qu'il est là, toujours debout. L'exil du poète français fait partie de l'histoire de la France.

À Saint-Hélier on trouvera bien aujourd'hui les spiritueux Victor Hugo ou quelque autre enseigne arborant le nom de l'écrivain français, mais Victor Hugo n'a guère laissé de traces à Jersey. Il est vrai qu'il devra quitter l'île dans la déroute. Une fois encore, il sera indésirable.

Voilà, je suis dans les lieux. Nulle trace d'une maison de Victor Hugo dans les guides. Pourtant c'était bien là, sur la grève d'Azette. « Savez-vous où se trouve la maison de Victor Hugo ? » Non, ce bourgeois aisé qui prend le frais à la fenêtre d'une résidence moderne ne sait pas. Aurais-je dû prononcer Victor Hugo à l'anglaise ? Peut-être ne connaît-il même pas ce nom. *If it was Shakespeare* ?

Je finis par trouver quelqu'un pour me renseigner. Sous un soleil de plomb, l'homme est vêtu d'un complet noir strict qui semble dater du dix-neuvième siècle. La maison de Victor Hugo, m'explique-t-il en un français impeccable, a été détruite il y a une quinzaine d'années. À la place, se dresse une résidence confortable appelée, en référence au poète, Résidence Victor Hugo. Si l'homme, chauffeur de car, est au courant, c'est qu'il prépare justement un livre sur Victor Hugo qui doit paraître dans dix-huit mois exactement, me déclare-t-il !

Comme tous les exilés, la famille Hugo se replie sur elle-même. On serre les coudes et on compte ses fidèles. Qui va nous suivre, qui va nous trahir ? Auguste Vacquerie, directeur de *l'Événemen*t, rebaptisé après interdiction *l'Avènement du Peuple*, est maintenant lié pour toujours à la famille Hugo, et le jeune poète reste l'un des plus fidèles disciples du maître.

Auguste voue également une affection immense à l'épouse. Sentiment réciproque. Et il y a Adèle, la fille. Est-il amoureux du père, de la mère ou de la fille ? Un Génie des lettres, une épouse tendre, douce, une fille morte, (sa propre belle-sœur), une autre belle, rêveuse, Auguste Vacquerie semble être tombé amoureux de la famille. Trop c'est trop.

V

Le journal d'Adèle, celui que l'on connaît, commence en 1852. Elle a vingt-deux ans. C'est un journal chiffré. Tous les moyens sont bons pour cacher ses secrets, ceux du cœur, ceux du sexe. Un Maine de Biran le savait déjà, qui inventait son propre code pour écrire son journal. Si l'on écrit un journal, c'est que les secrets sont trop lourds pour être confiés à d'autre que soi. Et on ne lui connaît guère d'amies de son âge. Sa seule confidente sera sa mère, sa chérie, sa Michette.

Mais il y a autre chose. L'idée que l'essentiel est là, dans les mots, mais aussi qu'ils sont dangereux, vous emmènent trop loin. Et les mots n'appartiennent-ils pas essentiellement au père. N'est-ce pas aussi pour *ne pas* être écrivain, qu'Adèle raye, dissimule, pervertit ?

Écriture enfouie, à peine avouée. Dès maintenant Adèle va jouer avec l'écriture un étrange jeu de cache-cache. Des phrases dans tous les sens, des rajouts. On a tout à dire qui n'est pas encore dit, mais doit l'être, essentiel, urgent, car on est soi-même dans l'urgence d'être, et tant pis si le soi, le moi, c'est justement ce dessin heurté, fou, inventif, fidèle photographie d'une personne qui existerait à tort et à travers, incapable de contenir cet être explosif qui l'habite. Étrangement, ces pages torturées semblent abolir le fil des jours pour un temps circulaire où Adèle reviendrait sans cesse sur ses propres mots pour parachever le dessin d'elle-même et sans doute jouir de cette relecture exquise, ou rayer ce qui ne doit plus figurer sur la page.

Le secret a chez elle quelque chose de consubstantiel. Elle exprime ici un moi profond qui diffère sensiblement de l'image qu'elle donne généralement, mais surtout on sent déjà la méfiance qui peu à peu l'envahira et la fera taxer de froideur. Jargon, anagrammes, inversion ou télescopages des mots, gribouillage, tout est bon pour brouiller les cartes. Ainsi personne, croit-elle, ne surprendra ses lubies, ses folies, bref, sa vérité.

Adèle n'est pas seule dans la famille à inventer un langage codé. On sait que Victor Hugo, dans ses carnets intimes, ceux où il note ses bonnes fortunes, utilise un langage bien à lui. Mots en langue étrangère, latin, espagnol, prénoms à reconstituer dans une suite de phonèmes, anagrammes, il utilise tous les stratagèmes pour que personne, et surtout Juliette, trop jalouse, ne puisse déchiffrer ses notes. Victor Hugo sait trouver des astuces afin de rendre le texte inintelligible pour d'autres que lui. Le père aurait-il conseillé à la fille d'utiliser également un langage chiffré afin que personne ne puisse lui dérober ses secrets ?

Pourquoi écrire si l'on ne souhaite pas être lu ? C'est que le premier lecteur, le plus important, c'est toujours soi-même. C'est entre soi et soi que se dit l'essentiel, et la page est le lieu idéal pour sortir de soi ce qui vous étouffe. Quand elle ne sert pas, comme souvent chez Adèle, de miroir flatteur. Dis-moi, beau miroir, ce que je désire entendre.

Si Adèle n'a guère d'amis, elle adore séduire. À Marine-Terrace, on la voit jouer les coquettes. Il suffit qu'elle paraisse, les hommes ne pourront que l'encenser. N'est-elle pas déjà la « fille-reine » de Victor Hugo ?

À l'époque où commence le journal, tout est encore possible. Auguste Vacquerie est là, attentionné, ce qui n'empêche pas Adèle d'exercer ses charmes sur d'autres garçons, comme ce Jean Rose qui habite la propriété voisine et qui mourra peu de temps après. À l'époque elle se sent vraiment irrésistible et elle s'amuse à attiser la flamme du jeune homme. Ruses classiques : ne pas se montrer afin d'inquiéter le soupirant mais lui laisser son portrait afin qu'il puisse rêver de l'absente, puis resurgir ensuite, pleine de séduction. Ne pas oublier non plus de mentionner Auguste Vacquerie afin de rendre le jeune homme jaloux. À ce jeu d'éloignement-rapprochement Adèle excelle. Savoir inné qu'elle oubliera malheureusement quand il s'agira d'Albert Pinson.

Un baiser ? En public, cela ne porte pas à conséquence. Tout différent est le baiser que l'on accepte quand on est seule, dit-elle. Se méfier : à ce compte l'homme devient vite votre amant ou votre mari ! Et il y a l'Autre, sans doute déjà le sieur Pinson apparu dans la joyeuse compagnie.

Elle se décrit : brune, les yeux noirs. Sa mère se plait à vanter la chevelure qui lui tombe presque jusqu'aux pieds. Comme elle se sent « ravissante, éblouissante », ce jour où elle se rend chez les Rose, le visage auréolé d'un tulle. « J'étais idéale. » Adèle semble une jeune fille comme les autres. Coquette et avide d'amour. La fréquentation des grandes idées ne l'éloigne pas des frivolités. La mode est aux tailles marquées, aux crinolines. À sa tante, la sœur de sa mère, restée en France, elle demande ce qui se porte à la ville. C'est qu'il ne faudrait pas la confondre avec une native de l'île. Elle est mademoiselle Hugo.

Tu es jolie, tout le monde le dit. Un amoureux ? Tu en as un tout trouvé. À première vue, Auguste Vacquerie, le frère de Charles a tout pour te plaire. Tu décris son front de penseur, ses mains blanches, fines.

C'est bien là, dis-tu, l'homme qu'il te faut. « Oh, c'est bien là l'homme, l'homme tel que Victor Hugo... avec une grande valeur, et un grand esprit, sans vanité et orgueilleux. »

Qu'est-ce qu'un homme pour elle sinon, à cette époque, le portrait du père ? « Car pour moi un homme n'est guère un homme que lorsqu'il a du génie, de la beauté virile et une nature de fer. »

Familier du père, poète lui aussi, Auguste représente l'homme idéal. Seul Jean-Baptiste Clésinger lui a fait cet effet, entre tous les hommes et ils sont nombreux, dit-elle, qui lui ont fait la cour.

Clésinger, sculpteur, a cette force qui touche. Et c'est un créateur comme son propre père. Elle se souvient des soirées fascinantes dans l'appartement de la Place Royale où se pressait toute la coterie artistique. Clésinger lui faisait une cour pressante. « J'aimais son génie, il admirait le mien ». C'est l'un des seuls hommes de son entourage qui lui semblaient intéressants. Le « beau Clésinger », tel était son idéal masculin. « C'est l'un des hommes qui ont allumé l'amour dans mon cœur, qui pouvaient l'allumer en moi », dira-t-elle encore.

À dire vrai, Clésinger faisait volontiers le siège des artistes susceptibles de le soutenir : Georges Sand, Victor Hugo. Ce serait bien de s'assurer leurs bonnes grâces. Clésinger a commencé par jeter son dévolu sur Solange, la fille d'Aurore, Mademoiselle Stéphane comme l'appelait sa mère en souvenir d'un amant qui était peut-être le vrai père. « Bête comme une oie », disait autrefois George Sand de sa propre fille.

La fille est devenue belle et elle a du caractère. On la dit pleine d'esprit, mais elle est terrible, indocile. Quant au séduisant Clésinger, il est décrit comme « un ci-devant cuirassier devenu sculpteur, se conduisant partout comme au café, du régiment à l'atelier ». Ce bouillant personnage n'aura aucun mal à se faire accepter par Solange qui rompt immédiatement ses fiançailles avec un certain Fernand de Préaulx. Mieux vaut le cuirassier. Solange sera la femme de Clésinger mais le mariage se révélera vite intenable.

C'est maintenant sur Adèle Hugo que Clésinger allait jeter son dévolu. Belle, froide, l'esprit vif, la repartie cinglante, la jeune fille ne pouvait qu'exciter l'intérêt d'un Clésinger habitué aux succès faciles. Et Adèle était la fille du plus grand poète de France. Mais elle était encore bien jeune, à l'époque.

Clésinger serait ce genre d'hommes aussi impétueux qu'invivables qui font savoir aux filles qu'un jour elles seront des femmes et que le jeu commence. La fille de George Sand a payé son caprice d'un mariage raté. Quant à Adèle, c'est un autre séducteur qui la fera souffrir.

Reste Auguste Vacquerie. Adèle s'exalte. L'homme est « passionné, sensuel, ardent ». « ...Coucher avec lui, l'embrasser, l'aimer, être sa maîtresse et sa femme. » Cette fièvre qui la dévore ! Mais est-ce bien d'Auguste qu'elle parle ? On a vite fait de reporter sur l'un ce qu'on voudrait dire à l'autre. Comme une lettre qui se tromperait de destinataire.

Le journal intime permet de lever toutes les inhibitions. On y écrit même ce qu'on n'aurait osé penser. Adèle imagine leurs baisers, leurs étreintes. Tout parle en faveur d'Auguste. Alors pourquoi ces doutes ?

« Il m'aime follement », écris-tu. Mais Auguste est bien morne à côté d'un Clésinger, par exemple. Il a toutes les qualités et c'est ce qui le perd. Tu te forces à l'aimer. Tu te forces tant que tu passes par des moments de marasme.

Tu avais seize ans quand Auguste, vingt-sept ans, t'a embrassée pour la première fois, à Paris, place Royale, sous les arcades. Ombre protectrice dans la fraîcheur des pierres. Il fait si bon se promener. Pour un peu on se croirait dans un roman. Mais voici que derrière Auguste se profile une autre image, celle d'un homme que tu ne connais pas encore. Il serait blond, grand. Un peu comme ces maisons que l'on voit en rêve et qui nous sont si familières qu'on imagine y avoir habité. Un jour, parfois, elles deviennent réelles. Oui, ce couloir je l'ai arpenté, ce jardin je le reconnais avec ses herbes folles, le banc était bien là, vaguement rouillé, j'entends encore le bruit du vent claquant les volets. Et ce magnolia aux larges feuilles blanches, l'aurais-je rêvé? La réalité rejoint le souvenir ou plus simplement le désir.

Tu tentes de chasser l'image. Auguste est là en chair et en os et ce n'est pas une image. Alors tu te convaincs que votre histoire est viable, comme on dit d'un enfant. Comme ce serait simple ! Lui, il t'aime, en tout cas il aime ton père qu'il sert avec tant de déférence et ne pourrait qu'être flatté de t'épouser. Vous avez vécu ensemble des moments si forts. Son frère, ta sœur. C'est l'amour né de la mort. Tu rêves. Vous vous épouseriez pour faire revivre le couple de ta sœur. On tire un trait et on recommence. Ce qu'ils n'ont pu vivre, ces êtres chers qui dorment sous la pierre, nous le vivrons vous et moi. Mission glorieuse, digne de nous, digne de moi, Adèle Hugo. Leur destin, nous l'accomplirons en souvenir d'eux.

Aimer Auguste ? Mieux vaudrait mourir avec lui ? « Ce serait bien de mourir avec un homme digne ». « Et je vois notre tombe jointe à l'autre (Charles Vacquerie et Léopoldine étaient enterrés dans un même cercueil, à Villequier) et je nous vois, ma sœur et moi, les deux filles de Victor Hugo passant comme des figures typiques à la postérité. ».

Mais ce ne sont que des mots, des mots pour s'enivrer. Juste un roman que l'on écrit pour la forme. Aujourd'hui, Adèle Hugo la mère et Adèle Hugo la fille ont rejoint le jeune couple au cimetière de Villequier, étrange jardin en haut d'une rue toute en tournants, où perdure la légende hugolienne.

Si la vie n'a pas l'odeur glorieuse de la mort, est-elle digne d'être vécue ? À quoi bon occuper la place si l'on n'est pas à la hauteur ? Filles d'un tel père, il vous faut un destin de taille. Il s'agit d'être digne du père en épousant un homme à son image. D'être digne de la mère en affichant la même sérénité qu'elle devant les coups du sort. Mais aussi d'être digne de la sœur comme si, en mourant dans ces circonstances dramatiques, Léopoldine incitait Adèle à ne pas se contenter d'un destin médiocre.

Adèle est partagée. Elle le sent, il lui faut choisir entre un avenir sage et une existence grisante. Comment concilier ces tendances contradictoires qui se disputent en elle : l'aspiration à un idéal extrême et le souhait d'une existence calme, raisonnable ? « Mitigée », dit-elle. Quelque chose de doux, voire terne, d'où serait exclue toute passion. Comment accepter ce destin morne quand on se sent appelée ? C'est comme une vague d'orgueil qui vous soulève toute, qu'importe où elle vous emporte.

Son journal intime témoigne d'un extraordinaire narcissisme. Le monde, à cette époque de sa vie, lui appartient comme il appartient aux enfants. Tout m'attend, tout est fait pour moi. Si je ferme les yeux, l'univers disparaît avec les gens, avec les arbres. Si je les ouvre, tout renaît. L'univers est un royaume dont elle veut être la Reine. Telle une enfant, elle se voit unique, merveilleuse, et rien ne doit lui résister.

C'est qu'elle a tout pouvoir, son corps le lui dit, son esprit aussi. Sa propre image l'exalte. À cet âge où le monde s'ouvre à nous, immense et fragile, où l'on a la vision secrète de sa propre gloire, Adèle, belle et talentueuse, a tout de la jeune fille accomplie.

Mais il y a ce regard qui souvent se dérobe. Adèle est aussi d'un autre monde, un monde qui l'attire et la tire, et si rien ne la retient, une idée, un amour, un repère, elle s'effacera d'un coup d'éponge, disparaîtra à elle-même.

De peur de sombrer à ses propres yeux, elle se glorifie. « Je suis essentiellement la fille reine de Victor Hugo ». Être la fille de Victor Hugo c'est un peu être la fille d'un roi. Reine, voilà un mot qu'elle reprendra souvent comme pour mieux se convaincre de ce statut imaginaire. Elle est saisie d'une agitation fiévreuse. Fini le long cheminement dans l'enfance, puis les heures excitées de l'adolescence, il s'agit maintenant de suivre la voie royale qui l'attend. Plus s'affirmeront ses tendances mégalomaniaques, moins Adèle pourra se satisfaire de la réalité. « Si j'ai une vie, elle sera grande, si j'ai une mort, elle sera grande. » Nous dressons l'oreille. Ni ta vie ni ta mort ne furent grandes mais elles furent ce que soupçonnait ton esprit exalté, c'est-à-dire autres, différentes.

Tu trouves des arguments. Le mariage, dis-tu maintenant, est une chose humiliante. Devrais-je me soumettre aux directives d'un homme et ne plus être aux yeux du monde qu'une moitié ?

Peut-elle se contenter d'Auguste Vacquerie pour une vie toute tracée ? Et n'est-ce pas trop facile d'épouser qui l'on a sous la main ? De plus, en épousant Auguste Vacquerie, ton beau-frère, tu ne serais encore une fois que la sœur de Léopoldine, tu ne serais pas toi.

D'ailleurs Auguste t'aime-t-il vraiment ? Parfois tu doutes. Et s'il n'aimait en moi que la fille d'Hugo, la sœur de Léopoldine ? Moi, Adèle, je ne serais alors qu'un pis aller ?

Tu n'épouseras pas Auguste car tu ne veux pas perdre ton nom, ce nom glorieux que t'a donné ton père. On dira que c'est un vain prétexte mais qui renoncerait d'un cœur vaillant à sa propre identité ? Étrange force du nom cousu dans l'enfance, l'adolescence, à même la chair, et que l'on découvre un jour être un nom de gloire et de poésie. Ce nom du père, qui est le nôtre et que l'on révère, on est alors tenu de se le réapproprier. Comme si le renom du père nous dépossédait du nom du père, en même temps qu'il nous en auréole.

Cette histoire de nom lui tient à cœur. Elle est encore rue de la Tour d'Auvergne, avec ses parents quand elle se voit en rêve épouser Delacroix, « à cause du nom ». Delacroix, Clésinger, il te faut évidemment des personnalités marquantes, artistes comme ton père. Auguste Vacquerie est-il à la hauteur ?

Surtout, tu ne veux pas te dilapider. Pas pour Auguste qui n'est au fond à tes yeux qu'un disciple de ton père, une sorte de vassal. Adèle, la fille de Michelet, épousera bien un disciple fervent de son père, Alfred Dumesnil. Gendre idéal que Michelet prend dès le début sous sa protection. On dirait même qu'il jette son dévolu pour sa fille sur ce jeune homme si capable qui relit les cours du maître, commente, argumente, et lui sert vite d'assistant. On devine déjà l'issue, comme si les deux hommes avaient de concert préparé le lit de noces. Quel beau doublé. Le père s'assure un fidèle capable de protéger la famille et le prolonger, lui, le maître, tout en assurant le bonheur de sa fille. On dirait l'histoire d'Adèle Hugo si l'on pouvait la réécrire.

Solange Dudevant, Adèle Michelet, Adèle Hugo. Destins qui se croisent et s'écartent pour une image type de la jeune fille de l'époque, encore soumise à l'autorité parentale et déjà secouant le joug de longs siècles d'obédience.

Pourquoi fuir ceux qui nous aiment pour nous précipiter vers ceux à qui l'on ne fait que plaire ? Adèle court à sa perte, mais c'est un autre qui en sera l'ordonnateur, bien malgré lui. Dès le mois d'avril 52, Adèle Hugo écrit: « Je quitterai Auguste. Que se passe-t-il en moi ? » Finie la complicité d'autrefois quand vous pleuriez ensemble le couple disparu.

Adèle est aussi une jeune fille cultivée. Elle a beaucoup lu, beaucoup appris. Dès cette année 52, Victor Hugo encourage sa fille à tenir également le journal de l'exil. Voilà pour elle une tâche toute trouvée. Ici, Adèle peut écrire au grand jour. Car tous les prétextes sont bons quand la plume vous démange. Elle devra tout noter, visites, conversations, son père l'aidera s'il le faut. Et il tient parole. Lui-même rédige des textes qu'elle devra inclure dans le journal et lui passe des articles, des commentaires. Ainsi le journal d'Adèle, ce qui en est aujourd'hui disponible, comporte-t-il deux volets : le volet politique et le volet intime.

Toi, la fille d'Olympio, on t'a demandé de jouer les scribes au jour le jour en établissant le compte-rendu des discussions qui ont lieu autour du maître. N'oublie pas, tu es la seule fille qui lui reste. Ton père t'a donné une mission, le servir. Il ne faut pas que son existence passe inaperçue. Si là-bas en France on allait oublier le grand exilé !

Victor Hugo n'a pas mâché ses mots. Adèle devra travailler à la gloire de son père et ne pourra qu'en être fière. Servir un père d'une telle dimension, n'est-ce pas ce qu'elle peut souhaiter de mieux ? Car Hugo est le plus grand. À Marine-Terrace, à Jersey, comme plus tard à Hauteville House, à Guernesey, il reçoit beaucoup de personnages importants, et de graves choses s'y discutent. Les amis, tels Jules Allix, Pierre Leroux, exilé volontaire,

M. Ribeyrolles, le général Charles Le Flô, se regroupent volontiers autour du grand homme. S'ils souffrent de leur situation, ils ne perdent pas espoir, avec Victor Hugo, que la patrie ne se ressaisisse. Victor Schœlcher, artisan de l'abolition de l'esclavage, et exilé lui-même à Londres pour cause de rébellion contre l'Empereur, sera un habitué de la maison Hugo.

L'île qui signifie réclusion ne peut que rapprocher davantage des autres par l'adhésion qu'elle réclame, sauf à se sentir entièrement rejeté. On imagine les discussions animées entre proscrits. Faut-il demander grâce en haut lieu ? Si la proscription s'est organisée en sociétés qui rassemblent aussi des étrangers, Russes, Autrichiens, Polonais, Hongrois, car il y a des autocrates partout qui vous forcent à l'exil, des tyrans auxquels on ne peut se soumettre, les exilés aiment venir prendre langue auprès du maître. On commente les nouvelles du jour et on daube à qui mieux mieux sur Louis Napoléon Bonaparte et ses sbires. Ce Louis Napoléon Bonaparte qui avait promis de ne jamais obéir qu'à la volonté du peuple, voici qu'il fait maintenant campagne pour le rétablissement de l'Empire ! On vient chercher réconfort auprès de Victor Hugo, jamais à court d'anathèmes contre l'usurpateur. La colère hugolienne est vraie mais il s'agit aussi d'entretenir le moral des opprimés en ressassant les mêmes griefs. Un jour la vérité triomphera, mais il faut pour cela que nous ne cessions de la crier. Des ennemis, Victor Hugo en a, qu'il nomme chiens, qu'il nomme loups : « Dupin, Montalembert, Veuillot, Proudhon, Falloux ».

Des invités de marque fréquentent la maison, tel Alexandre Dumas. L'imposante galerie de chêne, au deuxième étage, avec le lit à baldaquin est dénommée chambre de Garibaldi. Mais Garibaldi, le frère, le héros, « ce paladin, ce preux de l'idéal », n'y vint jamais, malgré des invitations répétées.

Puisqu'elle est là, puisqu'elle est fille, Adèle se soumet. De son écriture déliée, elle consigne les visites, enregistre les débats. Pour ce travail de mémorialiste, Victor Hugo conseille sa fille, lui confie des notes. Parfois même on croit retrouver directement le style de *Choses vues*. Le père assiste sa fille dans sa tâche comme il l'a promis. « Quoique du haut de son trône de poète, de génie, mon père eût eu le droit de dédaigner complètement ma très plébéienne littérature, il a été fidèle à sa parole. » On discerne l'ironie du propos d'autant plus qu'Adèle reprend les termes mêmes du père, parlant de sa propre littérature plébéienne.

Les autres membres de la famille participent également. Tu devrais écrire ça. Mets cet article dans ton journal. Tiens, je te passe un texte, une lettre, là tu trouveras tous les détails nécessaires. La pensée du grand homme, sa biographie intellectuelle ressortit d'une mission familiale, toute d'abnégation. Le père, sous la plume d'Adèle, est parfois Victor Hugo, souvent Hugo, ou monsieur Hugo, ou mon père; quelquefois, mais rarement, il est Papa. Quant à mademoiselle Hugo, comme se nomme Adèle elle-même, elle n'intervient que rarement dans les dialogues rapportés.

L'essentiel est de consigner la pensée d'Hugo, ses prises de position concernant les événements politiques, les systèmes en présence, l'héritage, l'impôt, et les grands sujets tels la religion ou la peine de mort. Il faut surtout faire entendre la voix du maître, aussi bien dans le camp des exilés que là-bas, en France. Adèle s'exécute avec un dévouement excessif même si lui échappe telle erreur caractéristique : estime *contre* Hugo, au lieu de *pour*.

On sent bien, d'après les transcriptions qu'elle en fait, qu'Adèle suit les débats avec grand intérêt. Armée de sa plume, elle n'est pas qu'une scribe. Si la tâche est lourde, elle est également exaltante. Toutes ces idées qui bouillonnent, reprises par l'un, par l'autre, façonnées, argumentées, des idées comme des objets que l'on prendrait en main pour mieux en apprécier le bien fondé, ce brasillement de l'esprit, modulé à plusieurs voix, c'est une manne dont Adèle se nourrit. Autour du père et à travers lui, ont lieu des échanges de haut niveau qui la flattent et ne font que renforcer la haute opinion qu'elle a d'elle-même.

Adèle est une femme d'idéal. Elle croit à la perfection absolue. « Je crois qu'il sera donné à l'homme d'être un ange et à ce qui est humain d'être surhumain. » Mais la religion ne l'intéresse guère. Pas plus que son père, elle ne croit aux Églises.

Pour les manuscrits d'Hugo, c'est Juliette Drouet qui s'en occupe. Autrefois, c'était Léopoldine qui recopiait les poèmes de papa. Aujourd'hui, Léopoldine est morte.

Tu t'appliques. Si tu ne peux remplacer ta sœur, au moins peux-tu servir l'œuvre de ton père. L'héritage, ce ne sont pas seulement des biens, une maison à entretenir, de la cave à la toiture, la toiture surtout, c'est aussi l'engagement de transmettre la parole des ascendants, de la faire valoir. Adèle travaille pour la postérité et elle le sait.

Comment ne pas servir ce père flamboyant qui de son vivant déjà entre dans l'histoire ? Adèle aime son père. Mon bon petit papa, écrit-elle. Docile, elle s'efforce de bien tenir son rôle de fille aimante, mais la situation lui pèse. C'est que l'exil menace de durer.

VI

Avant même la proclamation du Prince-président comme Empereur des Français, Hugo a rédigé dans la fièvre le pamphlet intitulé *Napoléon-le-Petit*. Pour proclamer la liberté, le poète lyrique va désormais trouver des accents de tribun. De l'ode au théâtre, il avait bousculé l'ordre ancien pour oser des voies nouvelles au risque de décontenancer le public. Et maintenant il allait mettre son verbe au service de la cause des peuples. De la Crète à la Turquie, de Haïti à l'Italie ou l'Espagne, il sera le champion de toutes les insurrections. De partout, les peuples asservis réclament l'aide du poète. Sa voie est tracée et l'exil le condamne à la grandeur.

Et la grandeur à l'exil. À la maison règne un être marqué. On voudrait lui échapper en même temps que le rejoindre. Le servir et le rejeter. Soi-même, épouse, fils ou fille, comment trouver sa place ? Adèle, l'épouse, s'enfuira dès qu'elle le pourra. Et si les fils sont sous l'emprise du père bien-aimé, ils protestent. Dès son mariage, Charles ira s'installer à Bruxelles avec sa femme Alice. François-Victor prendra plus tard le prétexte de la mort prématurée de sa fiancée, pour quitter définitivement l'île de Guernesey.

Et les filles ? Didine est morte. Reste Dédé, presque une vieille fille aujourd'hui. Une seule a compris : Juliette Drouet. Au côté des grands, il n'y a de vraie place que pour l'esclave. On sait qu'assignée à résidence, Juliette n'avait pas le droit, pendant des années de sortir seule, ni même de se mettre à la fenêtre. Les missives qu'elle recevait, elle ne pouvait les ouvrir qu'en présence de son geôlier. Si son amant la tenait sous le verrou c'était « pour que ses ailes repoussent ». Mission grandiose et terrible qui déjà annonçait le Victor Hugo de l'exil, celui qui se ferait le champion de la vérité et ne souffrirait aucun compromis.

Homme de plaisir, Victor Hugo redoute toujours d'être abandonné. S'il ne se gêne guère pour s'arroger des libertés, il lui faut avoir les siens près de lui, à disposition, Juliette comprise. Ainsi cet homme de cœur prend-il facilement des allures de despote et chacun doit user de stratagèmes pour secouer le joug. Quand éclate la rébellion, il est profondément blessé.

Depuis l'installation à Marine-Terrace, à Jersey, toute la famille tente de s'occuper. La mère écrit sur son mari, souvent sous sa dictée. François-Victor a entrepris de traduire tout Shakespeare. On n'est pas fils de Victor Hugo pour rien. Le fils d'un géant se devait de trouver un autre géant. Traduire Shakespeare c'est un peu traduire Hugo, lequel d'ailleurs profitera de la préface que lui demande son fils pour écrire en 1864 son *William Shakespeare* où certains ont vu une réflexion sur le génie, avec en première ligne, et comme exemple type, Victor Hugo lui-même. S'il connaît mal l'anglais, Victor Hugo sait reconnaître un grand dans le visionnaire qu'est Shakespeare.

Quant à Charles, il publie des nouvelles et suit son père dans son action politique. Surtout, il s'adonne avec Auguste Vaquerie à la photo.

Juliette, à sa fenêtre, attend le grand homme et le surveille.

Autre occupation : de temps à autre on fait tourner les tables selon une mode de Paris importée à Jersey en 1853 par Delphine de Girardin, venue rendre visite au grand exilé. À l'époque, Delphine de Girardin, déjà malade, aime à fréquenter les mondes occultes. Descendue à l'hôtel de la Pomme d'or, en face du port de Saint-Hélier, elle n'est pas loin des Hugo. Pour les séances elle apporte même sa table. C'est qu'il y a des tables rétives, d'autres au contraire si inspirées qu'on a du mal à les juguler. Elles parlent, elles argumentent et n'en font qu'à leur tête.

À Marine-Terrace, tout le monde se passionne pour cette nouvelle activité. Quand les voix du ciel ont tendance à se taire, quelle tentation d'écouter ces messages venus d'ailleurs. Les tables parlent parfois en anglais. Après tout, nous sommes en terre anglaise. Charles, en particulier, serait un médium des plus doués. Mais attention aux incrédules comme François-Victor qui font de la résistance. Les tables n'aiment pas cela et le font savoir. Que les récalcitrants sortent, sinon nous resterons bouche cousue.

En ce dix-neuvième siècle, le spiritisme est à la mode. Il y a eu la « fluidomanie » avec Mesmer et son célèbre baquet, qui prétend guérir les humains au moyen de passes magnétiques. Et qui sait si Delphine de Girardin n'a pas insufflé aux Hugo l'envie d'aller consulter les « somnambules » qui prédisent des choses si vraies ?

À la même époque, Schumann, qui devait mourir fou, dialogue également avec les tables. Gœthe, Hoffmann ou Hofmannsthal, toute l'époque semble plongée dans une sorte de rêve éveillé qui finira par se déployer dans la transe mystique d'un Wagner.

Faire parler les tables, entretenir ainsi un commerce avec les morts, voilà qui convient à

Victor Hugo, lui qui ne s'est jamais consolé de la mort de Léopoldine. Qu'elle revienne, c'est tout ce qu'il demande. Déjà, il la sent errer dans la maison. N'est-ce pas le bruit de sa main sur la clé ? Il souhaite tellement l'entendre que cela devient réalité. Léopoldine est là qui parle par le truchement des tables. Plusieurs fois, la morte, « l'âme envolée », s'exprimera sous l'identité d'âme *soror*.

Même Badinguet, le détesté Napoléon III, vient rendre visite aux proscrits ! Penaud, il exprime ses remords. C'est vrai, il a fauté. Par goût du pouvoir, il a abusé le peuple, mais rassurez-vous, son règne ne durera plus que deux ans. Disent les tables. Tant pis si elles se trompent. Pour Victor Hugo, les tables permettent également de ramener l'homme au spiritualisme. Du spiritualisme à la révolution qui fera triompher le bien, il n'y aurait qu'un pas !

Ils seront nombreux, de Chateaubriand à Dante, à se présenter lors des séances. Chez les Hugo, ils se sentent vite en terrain familier. Et la poésie ne perd pas ses droits car les tables vont finir par s'exprimer en vers. Des vers, parfois des alexandrins, qui ressemblent fortement à ceux du maître ou des poètes présents.

Forcer ainsi les voix d'ailleurs, même celles qui se sont tues à jamais, n'est-ce pas un jeu dangereux ? L'un des participants, Jules Allix, a été pris d'un accès de folie furieuse. On dit d'ailleurs que ce Jules Allix était l'un des amoureux éconduits par la jeune Adèle. Et toi, Adèle, toi qui sembles nerveusement si fragile, et qui assistes à la plupart des séances, que ressens-tu quand ta sœur revient d'Adès, la région des morts ?

Une question se pose : faut-il publier le Livre des Tables où seraient retranscrites les séances ? Adèle, la fille, estime que oui. Elle en est certaine, aussi certaine que son père, c'est dans les forces occultes que réside la vérité. Foin des apparences, ce qui compte c'est ce qu'il y a derrière le miroir, et tant mieux si le message des tables change la donne. C'est là que se situe la vraie vie, celle où l'on est roi, où l'on est reine.

Victor Hugo le dit sans fard : « Oui, je crois au surnaturel. » Mais il sent le danger. Écrire sous la dictée des tables, s'abandonner à « la bouche d'ombre », n'est-ce pas renoncer au pouvoir glorieux du créateur ? C'est qu'il y a dans les textes ainsi dictés de véritables chefs d'œuvre et Victor Hugo n'a nulle envie de passer pour un simple médiateur à l'écoute des voix de l'au-delà. Par ailleurs ne serait-ce pas s'exposer aux sarcasmes ? Que ne dirait-on du grand exilé en apprenant qu'il s'adonne dans son île à ce jeu trouble ? Déjà que ce républicain croit en Dieu ! Et toute cette littérature emplie de figures démoniaques ou monstrueuses ! Tout cela sent le soufre. Des rumeurs circulent. Certains iront jusqu'à prétendre, à la mort de Victor Hugo, qu'il était « fou depuis trente ans » ! Cocteau reprendra l'idée à sa façon. Victor Hugo aurait été un fou se prenant pour Victor Hugo.

Mais les tables tournantes ont fait une adepte fidèle. Même si Victor Hugo finit par renoncer aux séances, Adèle continuera longtemps à interroger les tables pour son propre compte, élaborant ainsi dans le secret de sa chambre un véritable dialogue intérieur qu'elle transcrit aussitôt. Cette plongée dans l'obscur et l'invisible ne répond que trop bien aux questions qui la taraudent.

La voix la plus fréquente est celle de l'Ombre du Sépulcre ainsi que celle de Léopoldine, la sœur bien-aimée, Didine, la seconde mère, de qui elle attend l'oracle. Faut-il écrire à P. ? Et que lui dire ? Didine doit lui indiquer la marche à suivre. Mais les tables ne sont pas forcément claires. Il faut savoir interpréter leur parole sibylline, leurs contradictions, leurs réticences. Pourquoi, venues d'ailleurs, nous faciliteraient-elles la tâche ? Les voix se méritent. À nous de les forcer sans les effaroucher. Mais on peut toujours les orienter à sa guise. Et il y a le bon et le mauvais esprit, comme si déjà Adèle entendait les voix contradictoires qui l'obséderont plus tard quand elle aura vraiment perdu la tête. Interviennent aussi selon un rituel confus Jésus ou la Vierge qui n'hésitent pas à s'adresser directement à la « fille de flamme de Victor Hugo ».

Mère, maîtresse, sœur, fille, femme, feu, lumière, flamme de l'éternité, fille de flamme, telle se voit Adèle. Fille de flamme, fille de feu. Nerval nous donnerait-il déjà la clé avec ses *Filles du feu* ? Le rapprochement est tentant. On se souvient que les premiers accès de folie de Nerval sont dus à sa passion malheureuse pour la cantatrice Jenny Colon, cette figure de mère et de mort que l'on retrouve dans *Aurélia*.

Adèle et Nerval se sont-ils reconnus ? On voudrait les entendre dialoguer, lui, l'écrivain que torture déjà la femme, forcément sorcière, qui lui mange le cœur, et elle la jeune fille, prête sans le savoir à se jeter dans le feu pour mieux irradier. Adèle, telle une héroïne de Nerval, brûlera de sa propre incandescence. Ni le poète ni la jeune fille ne reviendront de l'incendie qui les consume.

Le romantisme c'est « la nature, la vie, l'homme », dit Victor Hugo, mais c'est aussi le déferlement des passions, alliées aux pires orages du ciel, c'est aussi l'emphase du verbe et la tragédie de l'homme. Tel un Gœthe, à la même époque, Victor Hugo saura toujours redresser la barque à temps sans se laisser submerger. C'est autour de lui que se produiront les ravages. « Oh ! je porte malheur à tout ce qui me touche », disait déjà Hernani.

Pour Adèle, les esprits sont là comme une projection de son monde intérieur, et la médiation des tables raffermit sa confiance. Dans ce théâtre d'ombres, elle est toute puissante. Tel un Hugo, auteur dramatique, elle tient ses personnages à bout de bras et leur insuffle leur texte. Un texte cahotant, échevelé, comme inspiré avant l'heure par quelque champ magnétique. Quelle importance que ce soit son texte ou celui dicté par les tables ? Car elle croit aux tables tournantes, elle croit à la parole qu'elle entend. Peut-être suffit-il d'être à l'écoute.

VII

Le roi est à la maison, tout-puissant. Ce qu'il faudrait à Adèle c'est un prince charmant qui la soustraie au pouvoir du roi. Quelqu'un de différent qui l'enlève à un père à la fois envahissant et lointain. Un homme qui tranche dans le vif et permette de réparer toutes les déconvenues.

Adèle le sait confusément, on ne quitte bien un père, surtout un père tel Hugo, qu'en se tournant vers un être profondément autre. Le défaut principal d'Auguste Vacquerie, cet homme de cabinet, avec ses poèmes et ses livres, serait de n'être qu'une fade réplique du père.

Il va venir celui dont tu as rêvé. Il va venir ce lieutenant Pinson qui déclenchera en toi cette folie qui te guette. Albert Andrew Pinson, enseigne de vaisseau, a « les traits féminins et enfantins », « des yeux ravissants » et le visage orné de favoris. Ce n'est pas l'homme idéal dont tu parlais, « un véritable homme », mais les rêves parfois se trompent, nous trompent. Je pense aux vers quasi prophétiques de Sainte-Beuve dans le poème « À la petite Ad... », qui ne devait paraître qu'après la mort des personnes concernées :

Qui sait si de tes yeux quelque éclair échappé
En tombant sur un cœur ne sera pas trompé ?
Qui te dira d'où part l'incurable blessure ?

L'incurable blessure viendrait de ce que Sainte-Beuve nous apprend dans la suite du poème, à moins qu'il ne veuille surtout s'en convaincre, à savoir qu'Adèle, née d'un désamour entre les époux Hugo, resta longtemps une enfant pâle, aux « sucs taris ». Issue d'un mariage malheureux, la mère enceinte aimant déjà l'autre homme, comment l'enfant serait-elle épanouie ? Et si l'on suit bien Sainte-Beuve, elle risque, telle sa mère avec Victor, de se tromper de partenaire. Étonnante prédiction. En écrivant à l'avance le destin d'Adèle, Sainte-Beuve semble le rendre inéluctable.

Toujours est-il qu'Adèle, même si elle se fourvoie, trouve avec Albert Pinson de quoi justifier la fièvre qui la ronge. La folie elle-même réclame un socle sur lequel s'appuyer, un point d'ancrage. Mais qui parle de folie ? Si Adèle n'est pas heureuse, c'est tout simplement que Pinson lui manque. *I miss you.*

Ainsi commence le roman. Fiction ou réalité. L'auteur, nous le savons, c'est Adèle. C'est elle qui dès le début, s'accrochant à des bribes de rêve, composera l'œuvre de sa vie, son histoire d'amour.

L'élu nous le connaissons, lui ou ses pareils, séducteurs au regard lointain. Des hommes fringants, la taille bien prise, comme on disait alors. Albert Pinson est sûrement un homme de bonne compagnie. Adèle fait sa connaissance à Jersey, en 52, où il reste quelques mois en villégiature. Il viendra plusieurs fois rendre visite aux Hugo, et participera même à quelques séances de tables tournantes. Elle le verra ensuite à Guernesey puis à Londres. Dès cette année, elle parle de lui dans son journal.

La première fois qu'il t'a vue, tu lisais, assise sur le banc de la terrasse. Silhouette mince, attentive, profil doucement penché sur le livre. Tu as levé la tête. C'est tout. Puis un jour on vous a présentés. Tu as tout de suite su que c'était lui. Coup de foudre ? Peut-être es-tu restée un instant immobile. Sur toi il a jeté ce regard attentif des hommes qui aiment les femmes. Oui, c'était bien la jeune fille sur le banc qu'il avait remarquée. Image fugitive qui prenait corps. Toi, c'est à peine si tu l'as vu. Inutile, tu le voyais intérieurement. Engourdissement mystérieux sur lequel se détache la vision comme surgie des limbes. Oui, c'était l'image de ton rêve, autrefois, et rien d'autre n'avait d'importance. Pour ce trouble d'un instant, pour cette émotion sublime, tu donnerais le reste de ta vie. C'est comme la première phrase d'un livre ou la première page. Ensuite tout va de soi, le texte se déroule de lui-même. C'est tout juste si on a besoin de le lire.

Coup de foudre ? Oui, dans la mesure où la foudre immobilise la victime, la fige sur place. Adèle, désormais, ne peut plus bouger. Enfoncée dans cette passion, rien ne saurait l'en déloger. Les obstacles ne feront qu'accentuer cette rigidité d'esprit qui va peu à peu la gagner. Inutile de repérer les qualités ou défauts de l'homme. Qu'il soit brigand ou vertueux, l'Anglais est pour elle.

Jusqu'ici on pense à des rêveries de jeune fille innocente. Le Journal laisserait cependant à penser qu'Adèle est la maîtresse de Pinson depuis cette année 52. À moins qu'elle n'ait tout inventé. Que cet amour soit resté chaste lui prêterait une dimension mythique, un parfum de légende. Mais il faut bien la croire, croire qu'elle a été la maîtresse d'Albert Pinson.

Peut-être comptait-il vraiment l'épouser ?

Pour ce jeune « viveur », tu étais un parti agréable. Sans doute étais-tu vierge. Il a dû être effarouché, mais après tout tu es une grande dame et les grandes dames n'ont de compte à rendre à personne. À la même époque, triomphe une George Sand dont ton propre père admire la courage, l'audace. Et n'est-il pas le premier à revendiquer la liberté de la femme ?

Tu es amoureuse et le lieutenant est troublé. Tu

l'intéresses forcément et tes sentiments le flattent. Pour l'instant c'est toi qui mènes le jeu. Il te suffit maintenant d'assaillir ce jeune homme de déclarations d'amour pour qu'il se jette à tes pieds. Tu as enfin trouvé ce que tu cherchais, ce que ton esprit cherchait plus encore que ton corps, un motif, un thème qui te dessine et te définisse. Cet élan qui te travaille a trouvé son objet, tu ne le lâcheras plus. Avec cet amour, tu nais en même temps que tu meurs.

Étreintes, baisers, elle se promet pour l'ensorceler toutes les ruses de la chair. La passion l'anime. D'ailleurs Adèle ne croit qu'à la passion. Tant pis si cela mène à de redoutables égarements. En famille, elle a pris la parole pour défendre un personnage comme Othello. Les affres de la jalousie, elle les comprend. Elle-même on la verrait bien en Isolde mais il manque un Tristan, ce qui ne l'empêche pas de cristalliser un sentiment véritable pour le jeune Anglais.

Amour fou ou folie amoureuse ? Désormais, elle a trouvé son pôle, sa raison de vivre – ou sa déraison – et c'est autour du lieutenant anglais qu'elle va désormais se raconter sa propre histoire. Inutile que le candidat connaisse le rôle exact qu'on veut lui faire jouer. Ce fil d'Ariane, Adèle ne le lâchera plus.

La mode du spiritisme incite, sinon à analyser les songes, du moins à ne pas négliger ces signes qu'envoie l'inconscient. Adèle aime Albert Pinson qu'elle pense avoir *vu*.

Pourtant elle se rend vite compte : si Pinson lui fait la cour, il ne manifeste pas encore pour elle un sentiment profond, sérieux, durable. Pour la forme, Adèle hésite encore dans son journal entre Vacquerie et Pinson, surtout que Pinson n'a fait aucune demande en mariage précise. Ce serait si facile pourtant si Adèle était anglaise. Il dit oui et l'affaire est faite. À Jersey on se marie facilement, sur un coup de tête. Vous entrez dans une chapelle, il suffit d'un pasteur, C'est si simple que l'on peut même oublier que l'on est déjà marié. Et si tu te mariais, ma fille ? suggère une mère à sa fille dans ces années-là. Mais maman, je suis déjà mariée, j'avais oublié de te le dire. À Jersey, la bigamie serait même à l'époque tolérée, sinon autorisée.

Elle est décidée. « Il me faut Clésinger ou Albert Pinson. J'étais la Béatrix de Clésinger, Albert Pinson sera ma Béatrix. » « Quelle admirable statue l'on ferait de mademoiselle Hugo », disait Clésinger. Elle avait dix-huit ans. En clair, Clésinger pouvait la façonner tandis qu'elle-même devra éduquer Pinson, apparemment peu porté sur les choses de l'esprit. Lui est « un homme de la matière », alors qu'elle est « une femme de l'idée ». Qu'à cela ne tienne ; tel un sculpteur, elle aimerait modeler son amoureux afin qu'il fût vraiment digne d'elle. Elle en a la force, elle en a le goût.

Étrange attitude. Insensiblement, Adèle adopte un comportement dit masculin. Allons-nous la voir en chevalier d'Eon ou en Diane chasseresse ? Elle tente de conquérir l'aimé avec les subterfuges utilisés d'habitude par les hommes, aussi bien dans les romans de l'époque que dans la vie réelle. Enlèvement, promesse d'argent, épousailles forcées, poursuite à travers le monde, elle envisagera tout, ne négligera rien pour le capter. Ici la

Béatrix, la Belle au bois dormant, ce n'est pas elle qui en tient le rôle, c'est le sieur Pinson. C'est lui qui renâcle, c'est lui qui s'échappe.

Adèle changée en homme, en Orlando ? N'allons pas si loin. Mais on la verra plus tard, à Halifax ou à la Barbade, se vêtir souvent de vêtements masculins. Histoire de se déguiser, de passer inaperçue, à moins qu'elle n'ait perdu à l'époque toute identité, à plus forte raison, toute identité sexuelle.

Pour l'instant notre Diane chasseresse ne renonce pas à son idéal double : gloire et grand amour, comme le lui promettent les tables. Parce que la gloire fait partie du programme. Douée comme elle l'est, Adèle sera musicienne ou écrivain. Elle a l'étoffe d'une créatrice, elle le sent, et son heure viendra sûrement.

L'art peut-être, mais d'abord l'amour. Tout en dialoguant avec les esprits par le truchement des tables, elle bombarde Pinson de lettres. L'amoureux ne semble pas encore persuadé qu'ils soient faits l'un pour l'autre et qu'il ne s'agisse pas d'une simple aventure. Qu'importe, il suffit qu'Adèle sache l'en convaincre. N'a-t-elle pas toutes les cartes en main, avec en prime l'aval et le conseil avisé des esprits ? Elle est jolie, elle a de l'esprit, cela devrait suffire pour enserrer l'autre dans ses rets.

Le filet se dessine qui va l'encager, elle, plus sûrement qu'une prison. Déjà elle songe à faire boire à l'élu une « boisson mauve ». Pour soigner sa grippe ou l'ensorceler ? Serait-ce le philtre qui provoquera la mort de Tristan ? Le philtre, c'est elle qui l'a bu, consommant ainsi sa propre perte.

Albert Pinson est invité à Jersey chez les Hugo. Trouble complicité. Sous la table, il presse son pied sur celui d'Adèle. Frissons. J'appartiens à cet homme. Brûlant secret. S'il savaient, autour de la table, qu'avec lui je suis une femme !

Et Auguste ? Sans doute est-il amoureux d'Adèle. Mais son statut d'hôte privilégié le met dans une position délicate. Tant pis pour lui, il n'avait qu'à se déclarer plus tôt. Qu'importe à Adèle qu'Auguste sache goûter le parfum des pages tavelées s'il ne sait pas faire vibrer sa chair ? À ce rat de bibliothèque qui vit là, enfermé en compagnie de ses livres et de sa chatte, elle cache sa liaison avec Pinson. Personne ne doit savoir que mademoiselle Hugo rejoint l'aimé dans sa chambre. Mais ledit Pinson, pris de boisson, aurait révélé sa bonne fortune au Club. Quand on ne fait pas la guerre, il faut bien s'assurer d'autres victoires et si possible le faire savoir à la ronde. Rires, on se tape sur l'épaule. Mademoiselle Hugo, voilà une bonne prise, de quoi agrémenter le séjour dans l'île. Mais Pinson est peut-être sincèrement amoureux.

Auguste est furieux. Il injurie Adèle, lui crache au visage. Il va jusqu'à la battre, écrit-elle, et lui lance des invectives pleines de fiel. Adèle serait trop maigre, c'est pour cela qu'elle ne montre pas ses bras, mais Auguste l'a vue sur la terrasse, il sait à quoi s'en tenir !

Ainsi Adèle, la prude, se serait donnée à un autre ? « Vous serez ma maîtresse ou vous mourrez », déclare Auguste.

Adèle note tout cela dans son journal, jouissant visiblement de se trouver prise entre les deux hommes. Elle note également qu'Auguste lui promet une punition à dix ans d'ici. On frémit de cette malédiction qui devait largement se réaliser.

Tu souhaites maintenant qu'Auguste quitte la maison des Hugo. Cette présence amicale, amoureuse, tu ne peux plus la supporter maintenant que tu rêves de l'autre. « Je quitterai Auguste ». Qu'Auguste parte, qu'il laisse le champ libre. Qu'est-ce qu'il fait là ? Bien sûr il est un peu de la famille. Notre Léopoldine, ne l'oublions pas, était une Vacquerie. Mais Léopoldine est morte et Adèle est en vie. Auguste doit s'en aller, sa présence ne peut que boucher l'horizon. N'est-il pas un obstacle aux projets amoureux d'Adèle ? Certains, sachant qu'il vit chez les Hugo, pourraient l'imaginer fiancé à mademoiselle Hugo.

Adèle en parle à sa mère qui semble effondrée. Un tel départ briserait le cœur de madame Hugo. C'est que la mère s'est accoutumée à la présence chez eux de ce garçon doux, prévenant qui a visiblement un fort sentiment pour elle. François-Victor s'acharne sur son *Shakespeare*. Ne reste que le gros Charles qui se lève à midi et Victor qui travaille toute la journée quand il n'est pas en train d'entreprendre quelque soubrette. Avec le fidèle Auguste à la maison, madame Hugo se sent moins seule.

Et n'oublions pas tout ce que nous lui devons. Ton père avait déjà quitté la France. C'est Auguste qui nous a accompagnées dans notre exil et a pris soin de nous alors que tous nous abandonnaient.

Si la mère défend Auguste, celui-ci s'écarte d'Adèle. « Moi qui suis un homme de génie, j'ai employé mon génie à me faire aimer de vous. Je renonce », dira-t-il à Adèle en août 54. Grandiloquence pour grandiloquence ! Mais Auguste souffre et Adèle se donne le luxe de pleurer sur son malheur.

Auguste ne quittera définitivement les Hugo qu'en 58.

Pour l'instant Albert Pinson est parti et ne fait pas mine de revenir. Il aurait acheté une charge d'officier. Si seulement il acceptait de démissionner de l'armée. « L'amour heureux, il n'y a que cela au monde. Si Albert (Pinson) ne me donne pas l'amour heureux, je ne l'aimerai plus. ».

Rien ne coûte de l'affirmer. Tu es forte, tu es libre. Tout au moins tu veux l'être. Les personnages hugoliens, d'Hernani à Ruy Blas, pressentent le piège qui leur est tendu. Ils voient venir le malheur lié inexorablement au destin romantique. Mais Adèle écarte les doutes d'un revers de main : Pinson l'épousera puisque telle est sa volonté à elle.

Maintenant que l'on a abandonné la pratique des tables tournantes en famille, la vie continue, monotone : un bal de temps à autre, le passage de quelques visiteurs. Il y a bien les représentations au Théâtre du Royal Crescent où l'on donne *La dame aux Camélias* et aussi *Ruy Blas*. Ensuite on commente les beautés respectives des actrices, leurs talents, Mlle Mars contre Mlle George. Il y aussi les promenades par beau temps le long des grèves ou jusqu'aux ruines du château Montorgueil ou encore vers l'église de St Martin. Une fois rentré à la maison, on allume son bougeoir et on monte se coucher.

VIII

Même l'île au trésor reste une geôle. Toute cette eau qui nous cerne. Comment s'échapper de cette cellule aux parois marines ? Parviendra-t-on un jour à rejoindre le continent, là où se déroule la vraie vie ?

D'île en île, le périple continue. Voilà maintenant qu'il faut quitter Marine-Terrace. Passer de l'île de Jersey encore jolie, aimable, à cette autre île plus sauvage, plus revêche, avec sa côte déchiquetée, qu'est Guernesey. À Guernesey on trouvera davantage de rochers sur lesquels se gratter les ongles. Toutes ces barrières hérissées contre la mer, contre la fuite, ne vont-elles pas s'abattre définitivement sur nous ?

En novembre 55, expulsé de Jersey par les Anglais, *expioulcheune*, pour avoir soutenu trois proscrits coupables d'avoir écrit une lettre satirique, signée Félix Pyat, qui dénigrait la visite de la reine Victoria à Paris, Victor Hugo se réfugie à Guernesey où il restera quatorze ans. Quelle audace aussi de ridiculiser la rencontre entre la reine et le nouvel Empereur ! Ça lui va bien à ce républicain de fraîche date ! Les rois ont tout de même le droit de dauber ensemble sur leurs peuples ! À moins qu'il n'y ait là chez Hugo, comme certains l'ont suggéré, quelque trait de misogynie.

À Guernesey, la famille habite d'abord au 20 de la rue d'Hauteville dans une maison bourgeoise qui reçoit aujourd'hui des hôtes payants, pour emménager définitivement au numéro 38 de la même rue, dans la maison dénommée Hauteville House, que le maître fait aménager à son goût.

1856. Ici, le père est heureux. À Jersey, les proscrits n'avaient pas le droit d'acheter du bien. Une fois à Guernesey, Victor Hugo s'empresse d'acheter sa maison. Maintenant qu'il est propriétaire et qu'il paie le « poulage » convenu, l'Angleterre hésitera à déloger l'écrivain français. Il est chez lui.

Sa maison de Guernesey, nous l'avons vu, il va l'agencer à son goût. Tapisseries au plafond, porcelaines aussi, culs de bouteille pour la transparence miroitante, meubles conçus avec ingéniosité, croquis à l'appui, tout est l'œuvre d'un décorateur soucieux de son image mais surtout d'une invention sans pareille. Avant l'heure Victor Hugo détourne les objets de leur fonction première selon le principe même qu'il voudrait appliquer aux mots. Des bobines de fil servent de porte-chandeliers, des pieds de table sont transformés en flambeaux, une pendule vide fait office de coffre. Sans oublier les cachettes où Hugo protège ses documents d'une éventuelle déprédation. C'est que l'ennemi est partout à l'affût.

Dans cette demeure, entièrement conçue par lui, Victor Hugo se reflète tout entier. L'espace qu'il occupe, il en est le créateur inspiré. Ici tout est à lui, tout est de lui.

« Nous revoilà accrochés aux murs », avait dit l'épouse en voyant son mari installer la maison de Hauteville, à Guernesey. Qu'aurait-il dû faire ? N'était-il pas interdit de séjour dans son propre pays ? Désormais la famille dérive d'une île à l'autre au gré des éclats du père, de ses emportements stratégiques. Et la famille ? Et Adèle ? Les jours se traînent, vides, fastidieux.

Les photos montrent Victor Hugo en famille dans le jardin de Guernesey. Voici Adèle et sa mère. Toutes les lignes convergent sur la mère.

Tu sembles porter la même robe qu'elle avec guipure et rayures aux emmanchures et aux poignets. Ta tête repose sur l'épaule de ta mère avec une expression aussi confiante que triste. Entre ta mère, si forte dans sa maturité, ta sœur morte en plein bonheur, et l'autre à quelques mètres, Juliette, la femme invisible et si présente, « la grosse dame de La Fallue », tu sembles un chat perdu. Tu cognes à la vitre, tu miaules, mais si l'on veut t'attraper, tu recules.

Tes frères auront beau fréquenter peu à peu la maison de Juliette et même y prendre goût, toi tu renâcles et tu restes auprès de ta mère. Mais l'épouse de Victor Hugo, même aimante, est lointaine, prise par ses occupations, ses mondanités. Et tu dois aussi te mesurer à cette forte femme qui semble avoir tout ce que tu n'as pas, des amis, des admirateurs et même l'homme-Dieu qui reste profondément fidèle au mariage et à l'épouse. Ta mère a tiré le meilleur parti de la vie qui lui était offerte. À côté de cette femme carrée, imposante, sorte de bastion irréductible – Victor Hugo en sait quelque chose –, tu incarnes une tristesse sans nom.

Toujours ta mère sera bienveillante à ton égard. C'est elle qui te défendra auprès de ton père et exigera la permission de t'emmener hors de la maison familiale sous prétexte de te trouver un mari. Mais n'as-tu pas des reproches à lui faire ? On dit que Sainte-Beuve et elle ont eu des relations plus que tendres. Ces choses-là, on les apprend forcément : une domestique qui parle trop, des conversations surprises à la volée. Comment a-t-elle osé trahir ton père ?

Aucun rapport sauf le prénom entre madame Hugo et sa fille cadette. Adèle II sera celle dont on ne veut pas. Le sait-elle déjà ? Son ombrelle à la main, Adèle présente sur une autre photo un visage empreint de mélancolie. Pas un sourire pour Auguste Vacquerie, le photographe. On dirait qu'elle refuse de le voir. C'est sa faute aussi. À force d'être là, il gêne.

Aux dires de sa mère, Adèle pense trop. Ce n'est pas bon pour une femme. La réflexion, laissons cela aux hommes. Une femme doit se contenter d'être une femme. Souple, disponible, et non repliée sur elle-même avec des pensées graves qui barrent le front et vous enlaidissent.

Mais chacun le sent, cette existence dans l'île ne convient pas à une fille de l'âge d'Adèle, une vieille fille déjà, ce qualificatif péjoratif qu'Alexandre Dumas prend comme titre de l'un de ses romans. Tapisserie, jardinage, musique, bonnes œuvres, même avec l'écriture du Journal de l'exil, ce n'est pas suffisant pour occuper Adèle. Il faudrait la marier. Mais comment trouver ici un époux qui lui convienne ? Les propositions ne manquent pas mais Adèle les refuse systématiquement. Mademoiselle Hugo n'est pas prête à accorder sa main au premier venu.

Que faire quand on ne sait pas vivre, sinon écrire ? Déjà Adèle a fait paraître deux contes de sa main dans *L'Événement,* la revue créée par Auguste Vacquerie et les deux fils Hugo.

Tu dis très tôt que l'écriture te tente. Comment en serait-il autrement ? Tout le monde dans la famille manie la plume, et je ne peux imaginer qu'avec Didine tu ne t'es pas exercée, comme papa, à écrire des poèmes, voire des romans, à couvrir des pages taillant dans le vif de la vie, des pages pleines de mots qui feuillettent le monde à grandes envolées. La vie aurait-elle un sens si elle n'était que la vie ?

Sautons à tes années funestes, celles d'Halifax, quand tu révèles à l'un de tes rares interlocuteurs, l'avocat Robert Motton, que tu as un manuscrit tout prêt. « Publiez-le un jour, vous étonnerez le monde et vous ferez fortune », diras-tu. Le manuscrit d'Adèle comme un calque de la vie, toute ombre cernée ?

Dans son journal, elle se donne des conseils qui viennent peut-être directement du père. « Retrancher les vers, les idées... aller droit au but... ; amener les choses et les mettre en relief. » Parle-t-elle du journal qu'elle écrit avec le concours de la famille, – l'allusion aux vers démentirait cette hypothèse – ou du manuscrit qu'elle voudra publier plus tard ?

Dès maintenant tu espères écrire, c'est-à-dire devenir écrivain. Comment échapper à l'appel ? On a vu dès l'enfance le monde glisser dans les phrases, se soumettre à leur rythme pour mieux se transmuer. Le Père, avec le Verbe, nourrit l'enfant. De sa présence abondante, il ouvre la voie et la tentation est forte de croire à la vie des mots plus qu'à la vie. « Car le mot c'est le Verbe et le Verbe c'est Dieu. »

Ceci d'autant plus que Victor Hugo comme bien des écrivains-hommes – on a de la voix, on a du coffre – lit ses œuvres à la famille et aux amis. Il faut bien trouver son gueuloir. Nous, les enfants, on écoute papa. On aimerait bien aller jouer ou même aller s'ennuyer dans son coin, mais papa a dit de ne pas bouger. Des mots résonnent, qui disent un monde inconnu. On ne comprend pas toujours, mais la voix du père peuple l'espace et on se sent peu à peu habité.

« Vous êtes la fille de Victor Hugo. Vous avez l'intelligence et le travail. Vous avez du talent en musique, vous en aurez en littérature. Dans deux ou trois ans vous pourrez très bien publier un volume. » Comme s'il était facile d'écrire après Hugo ! Mais son père lui-même le lui a assuré : elle a un style sensationnel, supérieur au sien.

Adèle est une graphomane née. Elle ne cesse d'écrire, diront plus tard ses logeurs. Les feuilles volent dans sa chambre, l'une après l'autre, comme il arrive lorsqu'on a trop à dire, à dire trop vite. Il ne faut pas s'arrêter, jamais, sinon la langue se paralyse, la plume s'embourbe.

Et il y a toutes ces idées absorbées à « la table ». Si le père défend « la liberté dans l'art, la liberté dans la société », Adèle se veut le prototype de la femme libre dont la personnalité ne peut que s'épanouir. Elle croit au progrès, celui de la société comme celui de la science. Tant de découvertes que l'on croyait impossibles et qui se réalisent. Alors pourquoi ne pas croire qu'un jour nous volerons, par exemple ? Pourquoi ne pas imaginer les hommes occupant le ciel, peut-être dans des machines volantes traçant leur route à l'image des oiseaux ? Née au dix-neuvième siècle, le siècle de la science, Adèle se sent déjà appartenir au siècle suivant. De la femme libre, indépendante, décidée à imposer ses passions, elle a tous les traits, tous les élans.

Pour l'instant tu poursuis la tâche imposée par ton père. Ton père te fait partager sa grandeur et si de le servir te soumet à lui tu en tires aussi une gloire certaine. Mais c'est une grandeur qui t'écrase. Es-tu digne d'un tel surhomme ?

Deux Adèle, à l'époque : l'une est repliée, mutique, comme plongée dans une tristesse éternelle, l'autre exaltée. Si dans son journal Adèle est une conquérante, à la maison, elle se montre de plus en plus désagréable.

Idées fausses, habitudes de vieille fille, disent les parents. Est-ce uniquement le fait de vivre dans la relative solitude de l'île qui provoque chez Adèle cet étrange comportement ?

Et d'où viennent ces sautes d'humeur qui te font passer d'un état d'exaltation à un profond abattement ? Entends-tu déjà ces voix d'ailleurs qui te poursuivront tels des fantômes accrochés à tes pas ? À qui se confier ? À ton père ? Il te rabrouerait. Et d'ailleurs tu n'oserais pas. L'homme-Dieu a autre chose à faire qu'à écouter une fillette montée en graine. Il a sa femme, il a son ange gardien, il a sa morte. Que ferait-il de la délirante ? Et tu n'es pas l'une de ces enfants perdues, Fantine, Cosette, Jane et les autres qui peuplent l'œuvre d'Hugo et suscitent sa compassion.

Sœur, fille, vieille fille, quelle est ta route et quelle voie prendre pour accomplir ce destin fou qui te travaille ? Incomprise, tu te replies sur toi-même, offrant à la compagnie un visage fermé.

Adèle est en plein marasme et la famille s'inquiète. Quoi, nous sommes là, qui t'aimons. Je suis là, moi ton père, le Dieu des lettres. Victor Hugo ne comprend pas. La froideur de sa fille le blesse. Elle qui aimait tant son père et le révérait, voilà qu'elle prend ses distances et semble même lui en vouloir. Son père l'accuse d'être sèche et froide. Il taxe sa fille d'égoïsme. Bien sûr, l'île n'offre guère de distractions, mais Adèle devrait comprendre la situation. Est-ce sa faute à lui s'il est obligé de rester à Guernesey ? La vérité, pense Hugo, c'est qu'Adèle n'aime qu'elle-même. On dirait qu'elle fuit son père. Au lieu de se plaindre, c'est son père qu'elle devrait plaindre, lui le grand proscrit, obligé de quitter son pays sous l'opprobre !

Mais tu soupçonnes, et ta mère aussi, que Victor Hugo n'est pas dupe. Il sait bien, lui, que les paroles du poète, régénérées par l'exil et portées par l'océan, ne peuvent que gagner en force.

La mère prend la défense d'Adèle. La pauvre enfant a des excuses, il faut la comprendre.

Mais Adèle n'est plus une enfant. « Rien d'étonnant si Adèle, toujours célibataire, écrit la mère, donc " incomplète ", se montre froide et sèche. Elle voit les années passées sans espoir de rencontrer l'élu. » L'élu, celui que l'on a dans le cœur avant même de le connaître.

Mais l'élu, Adèle l'a déjà rencontré.

Que dit encore madame Hugo de sa fille ? « Dans cette existence presque claustrale que nous menons, Adèle vit sur elle-même. » Candide réaction du père qui répondra par un poème : « À ma fille Adèle », publié bien plus tard dans *Les Quatre vents de l'esprit.* Qu'elle était donc calme et charmante quand elle dormait, toute enfant, son père veillant sur son sommeil. Donnant donnant, il faudra qu'elle rende à sa tombe ces fleurs qu'il a jetées sur son berceau. Autrement dit, qu'Adèle, en souvenir de son enfance innocente protégée par les siens, n'oublie pas d'aimer et de révérer son grand homme de père. Que par amour pour lui elle accepte la situation sans broncher. Mais c'est aussi une promesse sur l'avenir qu'il lui demande. Comment résister à l'exhortation d'un père qui vous demande à vous, l'enfant survivant, d'honorer sa mémoire en veillant sur son œuvre, le jour où le père ne sera plus. Oui, j'en serai digne. Cette promesse tacite, Adèle ne pourra la tenir. Quand « la nuit sera noire » pour le grand homme, Adèle aura déjà perdu l'esprit.

Si ce poème d'Hugo a l'air un peu forcé, comme exigé par les circonstances, il est empreint d'une grande tendresse. Ses enfants, surtout s'ils restent des enfants, Victor Hugo les aime. « Avoir des enfants, c'est avoir tout », dit-il. Mais ce père aimant vivra des moments cruels. Entre la mort, la maladie, la folie, ses enfants lui infligeront de profondes blessures, ce qui explique son envie de se rattraper plus tard avec ses petits-enfants. L'art d'être grand-père serait l'art de ne plus être père. Le sort voudra, du fait de la mort prématurée de Charles, que le bon-papa ait les petits-enfants à sa charge.

Reste le piano. Adèle travaille d'arrache-pied. Là au moins elle existe. La musique est sa partie. Dans les soirées de Guernesey, il n'est pas rare d'entendre mademoiselle Hugo au piano. Adèle compose elle-même des romances que sa mère essaiera de faire éditer. Les *Nuits de juin*, œuvre de sa composition, sur un poème de son père, ont été jouées dans un concert public à Guernesey, le 8 mai 1856.

À Hauteville House, on donne parfois des soirées. Musique, comédie, poésie. Ces soirées s'organisent dans les salons au luxe fastueux : le salon bleu où tout est pensé dans le style espagnol en référence au passé espagnol du général Hugo et le salon rouge où l'on retrouve les chinoiseries en vogue à l'époque. Dans ces soirées, on verra même passer Reményi, ce violoniste hongrois avec qui le jeune Johannes Brahms a fait ses premières tournées. C'est qu'à l'époque la musique elle-même est exilée. `

Sans le secours de la musique, que deviendrait Adèle ? Tout de même, quelle malchance, Victor Hugo déteste le piano. Même s'il encourage sa fille dans cette activité qui lui tient à cœur, ils ne pourront réellement communier. En passant il lui conseille même d'abandonner le piano pour se mettre à l'orgue ! Oui, l'orgue, quelque chose de puissant, voire de religieux, et non cette palpitation de l'âme qu'il entend vibrer sous les doigts de sa fille. Les accents de l'orgue avec leur ampleur de cathédrale plutôt que ces papillons enfiévrés dont la course diaprée se fait peut-être lancinante.

Son père lui a trouvé récemment un « piano de hasard » que l'on a installé dans sa chambre. Peut-être en avait-il assez d'entendre Adèle s'exercer à longueur de journée. Maintenant elle peut se livrer tout entière au frémissement des sons.

Je la vois pencher le buste presque jusqu'aux touches pour mieux épouser les diminuendos puis se redresser, le buste en arrière, les bras tendus et plaquer d'énergiques accords. Tout son corps suit le mouvement. Et cette main gauche qui se détache, souple, pour mieux faire vibrer les notes égrenées de l'autre main, ceci pour en arriver au finale où tout doit se résoudre, les deux mains s'élevant au-dessus du clavier afin de prolonger le son jusqu'à la dernière note qui se perd dans le point ténu du silence tandis que l'interprète quête les applaudissements d'un public invisible. Comme elle est bien, comme elle est sûre, Adèle est une artiste. Elle s'imagine être l'émule des grands musiciens. Contagion, capillarité, ce sont eux sûrement qui l'inspirent et déversent en elle leur génie. On n'est pas impunément la fille du prince des poètes. La musique la tiendra sa vie durant, comme seul dérivatif à son trouble intérieur.

Mais qui va reconnaître ce qu'elle fait ? Hugo sûrement pas. À vrai dire il ne connaît rien à la musique. Seule l'intéresse la musique des mots. « Je joue Brahms en pensant à toi comme tu me l'as dit », écrit-elle à son père ! Brahms, de très peu son cadet, dont la réputation est déjà internationale.

Tels sont les conseils du père. Pense à moi. Pour égrener telle mélodie de Brahms, par exemple celle qui a séduit Schumann et Clara, le premier jour, cette fluidité mélancolique tout imprégnée des paysages du nord, laisse venir en toi l'âme de ton père, marche dans ses mots, sois à l'origine des choses, entre nuit et jour, rêve et lucidité, à l'orée du génie, là où perce le secret du monde.

Dans l'année 56, Adèle est en proie à de terribles crises de nerfs. Elle est au plus mal et on craint pour sa vie. On sait que la folie circule dans la famille et qui sait si Victor Hugo ne s'inquiète pas pour sa propre santé psychique.

Quelles sont ces convulsions qui agitent Adèle ? Mon enfant, ma fille, c'est moi, ta mère, ressaisis-toi. La mère au chevet de sa fille voit de près les ombres qui peuplent la chambre d'Adèle comme autant d'idées noires. Comment ne pas prendre peur devant cet immense désarroi qui sourd des gémissements d'Adèle et désordonne sa couche ? Le père, alarmé lui aussi, relaie volontiers son épouse auprès du lit d'Adèle. Puis Adèle guérit.

Dans cette même année 56, Victor Hugo situe ainsi *Les Contemplations* dans sa préface : « ...Autrefois, aujourd'hui. Un abîme les sépare, le tombeau. » Ce linceul sur lequel s'inscrit, flamboyante, la poésie du père offerte à Didine, « à celle qui est restée en France », ne va-t-il pas ensevelir les siens de façon irrémédiable ?

Pendant ce temps, on s'écrit d'un étage à l'autre, ce qui en dit long sur l'impossibilité de se parler vraiment : « Adèle t'a donné sa jeunesse sans se plaindre, sans demander de reconnaissance, et tu la trouves égoïste », écrit la mère à son mari après le délire d'Adèle. Pire, elle ajoute : « On a agi comme si Adèle n'avait pas existé. »

Mot terrible. Toutes ces années la sœur morte a compté plus qu'Adèle. Sa propre souffrance ne suffisait pas. D'emblée Adèle a senti qu'il lui fallait réparer en se dévouant l'injustice qui fait mourir l'une et laisse vivre l'autre. Pourquoi suis-je là, moi, et pas elle ? Devant l'assistance elle s'est montrée sage, réfléchie, jouant à la perfection le rôle qu'on lui avait assigné. Mais le temps a passé. À force de ne pas vivre pour son propre compte, elle s'est éloignée d'elle-même, ne s'exprimant plus que dans son journal ou sur son piano. Mélancolie : Adèle orchestre maintenant son propre deuil.

Et surtout il y a Albert Pinson, cet Anglais qu'Adèle s'est mis en tête d'épouser. La famille regarde ledit Pinson d'un mauvais œil. On dit qu'il aurait fait de la prison pour dettes. L'homme ne serait qu'un dandy arriviste.

Ce jeune homme venu d'ailleurs, de là où poussent soi-disant les princes charmants, comment l'homme-France l'accepterait-il ? Avec Auguste Vacquerie, le frère de Charles, disciple zélé du maître, Adèle avait un prétendant idéal. Sinon Auguste Vacquerie, pourquoi pas un autre, choisi dans l'entourage du père, donc parmi ses fidèles ?

Et voilà que sa fille, la seule qui lui reste, s'entiche d'un lieutenant Pinson surgi d'on ne sait où. Adèle, cette ingrate, s'éprend d'un véritable étranger. Étranger de par sa naissance d'abord mais surtout de par toute sa personne. Victor Hugo ressent confusément qu'Adèle, en s'entichant de ce garçon, trahit la cause. Ce serait sa façon à elle de tourner le dos à son père, voire de le désavouer. Déjà que pour

Hugo l'anglais n'est qu'un « patois de l'allemand ». « L'anglais, c'est de l'allemand pourri. » Non seulement Pinson est anglais mais loin de faire allégeance à la littérature ou à d'autres arts, il est également militaire. Tout militaire n'a-t-il pas pour vocation de tuer même si l'on en reste au plan symbolique ?

Toujours est-il qu'Albert Pinson est l'étranger absolu, le seul capable aux yeux d'Adèle de l'arracher à son entourage – mais aussi à elle-même, à cette agitation intérieure qui déjà la gagne et fige ses traits. Qu'il faille traverser les mers pour aller le retrouver ne fera qu'entériner la chose. Pinson représente l'espoir d'un ailleurs mythique, un renouveau d'où serait gommée toute souffrance.

Auguste Vacquerie écrira plus tard, par délicatesse et parce que ç'aurait été dans l'ordre des choses si la vie était vraiment un roman, qu'Adèle s'était fait « enlever » par un officier anglais qui l'aurait emmenée aux Amériques pour l'épouser. Telle est bien l'histoire que se racontera Adèle. Là nous sommes dans le fantasme. Mais n'est-ce pas dans le fantasme qu'Adèle se rejoint, qu'elle est enfin elle-même ?

Quant à Albert Pinson, il a dû sentir qu'il n'était pas le bienvenu chez les Hugo. Peut-être a-t-il profité de la situation pour décourager Adèle. Vous voyez, votre famille est contre ce mariage. Je ne vais pas m'imposer.

Si le père est franchement hostile à ce mariage, et si la dot d'Adèle ne peut être versée qu'avec son consentement, on imagine les discussions familiales à Hauteville House. S'y font jour les regrets, les reproches, tout ce qui n'a pas été dit à temps.

Si l'épouse, admet que son mari ait « choisi un rocher où tu es admirablement dans ton cadre », elle voit que leur fille en souffre. Il faut absolument distraire Adèle pour la « rendre au monde des vivants », comme dit sa mère. Un voyage lui ferait du bien. Mais cela coûte de l'argent et Victor Hugo ne délie pas facilement les cordons de la bourse. Il faut voir avec quel soin il tient les comptes ou exige que sa femme lui soumette un état précis des dépenses de ménage. Celle-ci se plaint souvent de n'avoir que très peu d'argent à sa disposition et elle est sans cesse obligée de faire appel à la « générosité » de son mari pour qu'il lui accorde quelque rallonge.

Ce qu'on fait pour une maîtresse qui vous donnerait ses plus belles années, comment ne le ferait-on pas pour sa propre fille ? plaide encore la mère. Allusion directe à Juliette Drouet, la Seconde. Des années que Victor Hugo entretient cette femme qui vit à cent mètres de Hauteville House, lui offre un train de vie des plus honorables avec domestiques à son service, et il répugnerait à dépenser de l'argent alors même que la santé de sa fille est en jeu ? Ici Adèle se dessèche sur place et si nous ne faisons rien, cela finira mal. Si Juliette Drouet a droit aux égards et aux sacrifices financiers, pourquoi pas Adèle, notre fille ? Qu'on la laisse quitter l'île où elle est confinée.

On le voit, ta mère n'est pas à court d'arguments pour convaincre son mari de vous laisser partir. Comment le père resterait-il insensible à un tel raisonnement ? À vrai dire chacun des époux Hugo se sent coupable.

Victor et son épouse n'ont-ils pas pensé égoïstement à leur propre bonheur ? « Ce ne sera qu'une dette que nous acquitterons », ajoute encore la mère dans la lettre qu'elle envoie au père, à l'étage au-dessus. En fait madame Hugo est ravie dès qu'elle peut s'évader de l'île où les jours sont si mornes. Elle ne demanderait pas mieux que de retrouver un peu de mouvement, et si elle s'inquiète sérieusement pour sa fille, elle parle aussi pour son propre compte. Mais le père renâcle à vous laisser quitter Guernesey. C'est qu'il tient à la présence des siens même si Juju n'est pas loin. Vous n'allez tout de même pas l'abandonner, lui le grand banni. Mais Guernesey semble loin de tout. Même les fils commencent à s'ennuyer terriblement. Et surtout la famille est là, omniprésente, et on se sent pris dans un étau. Charles lui-même se plaindra que son père l'espionne. C'est que Victor Hugo veut avoir entièrement prise sur les siens.

Ainsi l'homme-océan se voit-il maintenant figuré en homme-roc que rien ne peut ébranler.

Bref, le *pèrissime* fait figure de tyran domestique « J'accepte l'âpre exil, n'eût-il ni fin ni terme », a-t-il affirmé. Lui est dans sa ligne. Plus l'espace se rétrécit, plus il est grand. Sur son île, il sert de repère, voire d'amer aux indécis ! Portée par les vents du large, sa voix se fait d'autant plus ample. À se mesurer à l'océan, son œuvre ne peut que s'élargir. Entre la ville, ses lumières, ses conspirations, et les terres marines où tant d'êtres de légende viennent peupler ses pages, se mêlant aux éléments comme pour amplifier la création divine, il a choisi.

Victor Hugo finit par accepter le départ de sa femme et sa fille. Commence alors la série des voyages hors de l'île, censés rétablir la santé mentale d'Adèle. Le 16 janvier 58, Adèle et sa mère embarquent pour Paris. Nous en sommes maintenant aux bateaux à vapeur, mais les îles anglo-normandes n'ont pas encore de ligne régulière avec la France. Le Grand Turc assure la liaison entre Jersey et Southampton, ensuite c'est la France, ce paradis perdu. Terre ! Nous voici enfin de retour au pays.

Ton père t'écrit une lettre tendre. Puisqu'il t'a laissée partir, il joue le jeu. Ce séjour doit te remettre sur pied. C'est qu'il en avait assez de te voir errer dans la maison, l'air revêche. Amuse-toi, et reviens-moi, docile comme avant. Comme avant quand tu étais encore une enfant et que je veillais sur ton berceau.

Pendant ce temps, un vilain anthrax met la vie du poète en danger. Victor Hugo croit déjà à sa fin dernière, et cette épreuve le bouleverse, comme s'il avait touché du doigt sur sa propre personne le caractère éphémère de la vie. Il s'inquiète pour sa santé, pour sa production. Ni femme ni fille pour s'occuper de lui. Même si Juliette n'est pas loin, toujours dévouée à son grand homme, il se sent abandonné. Et l'on mesure à quel point la maison Hugo est enchaînée au père, à cet amour qu'il offre et qu'il exige.

Après une longue convalescence, Victor Hugo sera de nouveau sur pied et les Guernesais pourront le voir reprendre ses longues marches quotidiennes à travers l'île, ainsi que ses bains de mer.

Mais la mère et la fille sont toujours absentes. Le père a beau vous réclamer dans chaque lettre, tous les prétextes sont bons, assortis de demandes d'argent, pour retarder votre retour. Londres, Paris, Bruxelles, ta mère se réjouit de retrouver l'atmosphère des villes, et toi, « la vieille fille », tu mènes une vie plus conforme à ton rang. Et surtout, car c'était le but, tu retrouves Albert Pinson.

La mère et la fille ne rentreront qu'en septembre.

En mai 59, vous êtes de nouveau à Londres, ta mère et toi, et vous y resterez jusqu'à la fin de l'année. Victor Schœlcher qui rédige en ce moment son livre sur Haendel s'offre à vous accompagner au concert car il connaît le goût pour la musique de la « sage Mademoiselle Adèle ». Mais les deux Adèle essaient d'éviter autant que possible l'ami dévoué qui voudrait tout leur faire visiter.

Mademoiselle Adèle n'aime guère l'atmosphère parisienne, elle préfère de beaucoup être à Londres où elle prend des cours de musique et s'arrange évidemment pour rencontrer Albert Pinson. Car il ne s'agit plus seulement de quitter l'île. Dès maintenant Adèle irait n'importe où pour le retrouver.

À Londres tu as dû tromper la surveillance de ta mère pour le rejoindre. À moins que devant ta détermination elle n'ait choisi de se montrer indulgente. Après tout mieux vaut une fille coupable qu'une fille malade. Ta mère ne peut savoir que tu y perdras aussi bien l'esprit que la vertu.

Lors de ce voyage, tu as pu te confier à elle. Elle a même rencontré Albert Pinson. Sans s'être prononcé ouvertement, le jeune homme s'est montré assez aimable avec madame Hugo pour que celle-ci veuille croire à quelque engagement de sa part.

Mais Albert reste lointain, évasif. Il hésite à se prononcer. Pauvre Albert ! Sans doute est-il préoccupé par sa carrière, sinon il t'aurait épousée depuis longtemps. À moins qu'il ne soit déjà fiancé à une autre !

Victor Hugo profite cette fois de votre absence pour faire un petit séjour à l'île de Serk avec Juliette. Mais de retour à Guernesey il réclame sa femme et sa fille. La visite de la poétesse Louise Colet, qui lui offre son recueil de poèmes, ne suffit pas à le distraire. Il en a assez d'être seul à Hauteville House.

Ce voyage avec ta mère n'était qu'un intermède, il faut maintenant revenir à Guernesey. Les deux femmes finiront par rentrer en septembre, après des mois d'absence.

Ces échappées, même prolongées à l'extrême, ne sont que des pis-aller. Le décret d'amnistie promulgué en 1859 par Napoléon III n'a pas modifié l'attitude de Victor Hugo. Tel le colosse de pierre, il reste ferme sur ses positions. Banni de France il n'y retournera pas tant que l'usurpateur y régnera en maître. « Quand la liberté rentrera, je rentrerai. » Le grand proscrit restera à Guernesey, fidèle à lui-même car c'est là que s'accomplit le destin de cet « oiseau de tempête ».

IX

Deux Adèle, nous l'avons dit. Physiquement, Adèle a changé. Maigre et blanche, elle n'est plus cette statue antique à la lourde chevelure noire. Elle s'enferme des journées entières dans sa chambre, et quand elle en sort c'est pour présenter un visage buté. Si l'une, malgré son attitude, présente encore un aspect « normal », l'autre, l'exaltée poursuit avec acharnement le roman commencé avec Albert Pinson, roman qui n'a rien d'une romance et dont elle devient, avec les années, le seul acteur, sinon le seul auteur, le partenaire jouant un rôle de plus en plus fictif. Sur la vraie vie, Adèle va plaquer une histoire de son invention. On peut se demander si ce ne sont pas là des velléités de créateur. Adèle, douée pour la musique comme pour l'écriture, se serait jetée dans cette aventure afin de satisfaire quelque vocation ratée. Elle invente avec sa propre vie un roman fou qui aujourd'hui encore laisse perplexe. Si l'on peut parler de roman c'est que nous allons très vite tomber dans l'irréel. Dès que la réalité résiste, Adèle se réfugie dans l'illusion. Et c'est elle, toujours elle, qui mène le jeu. Ici elle n'est pas la princesse meurtrie ou abandonnée des contes, mais plutôt une sorte de Méduse fixant sa proie, afin de l'immobiliser sur place.

Jusqu'ici, dans l'histoire, Albert Pinson ne repousse pas vraiment Adèle. Et même, si l'on en croit la lettre qu'elle lui écrira en 1861, il lui a déclaré son amour. A-t-il pour elle un véritable sentiment ou n'est-elle qu'une bonne fortune ? La réponse devrait se trouver dans la correspondance qu'ils échangent depuis des années. C'est sûrement elle qui écrit, elle qui dirige le tir, modulant ses phrases dans les deux langues, faisant les demandes et les réponses, composant ainsi d'une plume décidée sinon échevelée le film imaginaire de leur amour. Son arme à elle ce sont les mots. Mots magiques destinés à ensorceler le destinataire. Car il s'agit de cerner le partenaire pour l'empêcher de s'échapper. L'amour comme rédemption, reconstitution du moi. Comme si l'autre détenait la seule part d'elle-même encore viable.

Lui est flatté. Comment serait-il insensible aux déclarations enfiévrées de mademoiselle Hugo ? Mais l'affaire prend un tour dangereux. Il aurait fallu couper les ponts depuis longtemps, depuis que Pinson s'est aperçu qu'il ne pouvait répondre à une telle passion. Apparemment il n'en a pas eu le courage. C'est qu'Adèle exerce sur lui un réel ascendant. Adèle, aux yeux du jeune militaire, est une grande dame. Mais on n'épouse pas forcément les grandes dames surtout quand brille dans leurs yeux cette lueur inquiétante, voire menaçante. Les femmes, on le sait depuis toujours, disposent de pouvoirs infinis et la plus douce peut se transformer en sorcière. En cas de résistance, Adèle Hugo serait bien capable de l'assassiner. Le poison, l'arme blanche ? À moins qu'elle ne lui jette un sort. Car elle est prête à tout pour avoir l'autre à elle, sur ce point Adèle a été catégorique. Quand on sacrifie sa vie pour un autre, n'est-on pas déjà prêt à sacrifier l'autre ? Maintenant Adèle fait peur au lieutenant anglais. Il a peur pour elle, il a peur pour lui. Mais il ne la repousse pas vraiment.

Les années passent et Adèle espère toujours. En mai 61, profitant d'un séjour de sa mère à Paris, où celle-ci désormais se rend fréquemment, Adèle s'enfuit à l'île de Wight avec Rosalie la servante. Après tout elle a besoin de changer d'air. Le père lui-même a quitté Hauteville House. Peut-être est-il à Bruxelles où il vient dire la bonne parole et se faire acclamer, ou à Waterloo pour ses recherches, ou à Londres où il visite la ville.

L'occasion est trop belle. Pinson, parqué avec son régiment à Aldershot, au sud de l'Angleterre, n'est pas loin. Rosalie doit aider Adèle. Il faut absolument qu'elle le voie sinon elle deviendra folle !

Mots que l'on dit sans y croire, sans en mesurer la portée quand la passion vous emporte au point de gommer tout le reste, tout ce qu'on a connu, en quoi on a cru. Pour cette seule idée fixe, amour, jeu, ou autre, l'un perd sa famille, l'autre ses biens, l'autre sa vie. Adèle s'est-elle arrêtée un jour devant une glace imaginaire en disant je deviens folle ?

Une autre île ? Plutôt un îlot. Et toujours l'Angleterre qu'Adèle semble avoir maintenant acceptée, sinon, hélas, épousée.

C'est que la situation ne s'arrange pas. D'île en île Adèle semble désormais à la dérive car il manque à bord le capitaine auquel elle voudrait tant lier sa vie. S'il ne l'épouse pas, menace-t-elle, elle devra épouser le Marquis, peut-être Tommaso de Cannizzaro, poète italien, qu'elle déteste. Elle a emporté les lettres du poète avec elle pour persuader Pinson qu'il ne doit pas tarder à se décider s'il ne veut pas la perdre. Comment n'apprécierait-il pas l'honneur qui lui est fait ? S'il refuse elle en mourra et lui, le lieutenant Pinson, sera seul responsable de son malheur.

En octobre 61, elle écrit à Pinson de Bruxelles où elle est avec ses parents. Tout au moins a-t-on retrouvé le brouillon de sa lettre, seule trace que je connaisse de leur correspondance. Elle parle là d'une occasion manquée, il y a quatre mois, quand elle est allée le retrouver à Wight, et s'étonne de son silence. Il lui a pourtant dit qu'il l'aimait.

En tout cas, Pinson doit l'arracher, au malheur et à la tombe, elle n'hésite pas à souligner ces mots. Elle a épuisé la somme de souffrances qu'une femme peut éprouver et Pinson doit lui envoyer une demande en mariage en bonne et due forme. Sinon tout peut arriver, elle ne répond de rien, et Pinson regrettera toute sa vie de n'avoir pas empêché une issue fatale.

Chantage au suicide assorti d'une menace. Si elle se tue ce sera de sa faute à lui. Si la situation n'était si triste, on croirait à un jeu d'enfant. Adèle continue à pousser les pions mais la partie n'est pas gagnée. Comment pourrait-elle l'admettre ? N'a-t-elle pas avec l'appui des tables tournantes et celui involontaire de Didine, créé un monde bien à elle qui obéirait à ses désirs ? Car Adèle est toute-puissante. A-t-on oublié qu'elle était une reine ? Ainsi Adèle peut-elle faire de Pinson un véritable prince.

Extérieurement elle donne encore le change. On la voit participer aux repas hebdomadaires donnés aux enfants pauvres à Hauteville House, et quand sa mère est au loin, elle joue les maîtresses de maison. Évidemment elle n'est guère douée pour les travaux ménagers. Mais que sa mère se rassure, elle ne s'en tire pas trop mal. Elle réussit même à se faire obéir des domestiques.

Rien pourtant ne lui fait abandonner ses projets. Mais il faut agir. Un Albert Pinson est forcément malléable. Naïf, sinon pleutre, il laisserait la situation s'éterniser. C'est à elle qu'il appartient de tout résoudre.

Voyons, par où commencer ? Il faut absolument que ton père consente à ce mariage. Mais Victor Hugo est réticent. A-t-il simplement décrété que ce jeune homme n'était pas pour toi ? On dit, dans ces cas-là, pas digne de toi ? Victor Hugo donnerait sa fille à ce « mauvais petit soudard anglais » !

La famille enquête sur le lieutenant Pinson. C'est ton frère François-Victor qui en a eu l'idée. C'est d'ailleurs lui, expert en anglais, qui se chargera plus tard, quand tu seras au loin, du courrier avec l'outremer. Les lettres qui arrivent en France sont vite expédiées à François-Victor, le frère préféré, qui renseigne ensuite la famille.

Pour les Hugo, Albert Pinson, avec sa réputation de *viveur*, voire de *débauché*, est loin d'être le gendre idéal. Mais Adèle insiste, avec l'appui de sa mère. C'est le 20 décembre 1861 qu'elle envoie cette « lettre admirable de la fille au père » où elle plaide sa cause.

Si Pinson s'est engagé dans l'armée, dira-t-elle, c'était pour avoir un état lui permettant d'épouser Adèle. « Que lui importait l'armée, la carrière, l'ambition ! Sa carrière, c'était de m'aimer. » Voilà bien le rôle dévolu à Pinson : renoncer à toute ambition personnelle pour être pieds et poings liés à la merci d'Adèle.

Aujourd'hui, écrit-elle encore, son père est homme du passé tandis qu'elle est femme de l'avenir. Autrement dit, Adèle devrait pouvoir être libre de ses choix. Elle rappelle à son père le mariage de Didine : là aussi, Victor Hugo se montrait réticent. « Triste mariage, pauvre mariage. » Et le mari s'est révélé d'un dévouement sans limites. Peut-être le lieutenant Pinson, tout obscur qu'il paraisse, est-il un homme de cœur. « Je te recommande Albert en souvenir de Didine. », écrit Adèle dans un style quasi hugolien.

Même ton père semble se ranger à ces arguments de poids. Mais il manque l'essentiel, à savoir l'assentiment du partenaire. Comment as-tu réussi à le faire venir à Guernesey pour ce Noël 1861 ? Après tout que risque-t-il ? Albert Pinson a donc été invité à Hauteville House pour les fêtes de Noël, mais les choses ne semblent pas s'être bien passées. As-tu montré des signes d'égarement qui ont effrayé le lieutenant ? Ton père est-il resté sur ses gardes ? Il est vrai que la conversation devait être difficile. Si Pinson parle un français très passable, Victor Hugo, lui, ne parle pas du tout anglais et ne fait aucun effort pour parler cette langue.

À tes parents tu te déclares fiancée. Pourtant il semble qu'Albert Pinson soit reparti assez vite sans faire de demande en mariage formelle. Pinson au loin, Adèle sombre à nouveau dans le désespoir. Ce n'est plus une jeune fille avide, mais une femme blessée.

Que l'on n'aille pas croire qu'elle renonce. À son journal intime elle confie ses intentions. Apparaît ici une Adèle que nous ignorions encore, une Adèle qui se sent privée de liberté. Cette fille libre qui attisait les jeunes gens et entamait une liaison avec un bel Anglais serait bel et bien coincée à la maison, enserrée dans des traditions sociales.

Au dix-huitième siècle, au temps des Lumières, la femme avait acquis une certaine liberté. Au siècle suivant on voulait de nouveau corseter les filles et l'Église n'entendait pas lâcher ses ouailles. Toujours est-il qu'à l'époque une femme de trente ans doit pour se marier obtenir le consentement de ses parents. À moins que ce consentement ne soit lié plus spécifiquement aux questions de dot.

Adèle est décidée à secouer le joug parental. Dans ce siècle de progrès la femme est en marche, et Adèle Hugo ne restera pas sur le carreau. Déjà d'audacieuses figures féminines ont ouvert le chemin. Être « femme de l'avenir », comme elle dit, implique d'abord liberté de mouvement et il est temps d'agir.

Adèle se voit du côté du progrès alors que son père, s'il est partisan de toutes les rébellions, se montre moins tolérant à la maison. Victor Hugo, lui qui proclame à tous vents la liberté de la femme, serait-il si peu libéral pour sa fille ? Ce père dominateur, il faut s'affranchir de lui. Être libre, en ce siècle finissant, c'est échapper à la surveillance des hommes, relayée par celle des femmes de la famille.

Il est vrai que la première fugue d'Adèle a donné l'alerte. Et ce comportement bizarre, ces manies, cette agressivité ? Qui sait de quoi elle est capable !

Comme toujours, c'est à son journal qu'Adèle confie ses intentions. « Cette chose incroyable qu'une jeune fille esclave au point de ne pas pouvoir sortir seule cinq minutes pour aller acheter du papier marche sur la mer, passe de l'ancien monde au nouveau pour aller rejoindre son amant, cette chose-là je la ferai. » Mieux encore, Adèle qui n'a aujourd'hui « d'autre morceau de pain que celui dont son père lui fait l'aumône » se promet d'avoir un jour de l'or plein les poches.

Amour et richesse, il lui faut tout. La fille, âgée de trente et un ans, souffre dans son orgueil de cette situation de dépendance vis-à-vis de son père. Tout s'arrangera si elle se marie. Son père sera bien obligé de lui verser sa dot. Car la dot semble à cette époque un véritable dû. Et quel père aurait le cœur de déshériter sa fille ?

Se rebeller contre son père, invoquer la libéralisation des femmes, tout cela n'est que dérivatif. C'est déplacer la question sans la résoudre. Car le point essentiel est que Pinson ne veut plus de ce mariage. Il se rétracte. Pour ce faire, il trouve des arguments fallacieux : ce serait lâche de quitter l'armée. Qu'à cela ne tienne, avec la dot d'Adèle il pourrait acheter une commission plus importante, rétorque-t-elle. Comment Albert refuserait-il une telle occasion ? Et ne serait-ce pas merveilleux d'épouser la fille d'un Pair de France ?

Et la malheureuse de détailler les avantages matériels de ce mariage. Elle a compris que Pinson était un homme intéressé, et elle espère le séduire en lui faisant miroiter les bénéfices d'une telle union. Qu'elle soit aimée avec son argent, qu'importe si elle est aimée.

Je ferai votre malheur, a écrit Albert Pinson. Adèle proteste avec une logique confondante. Puisque je ne peux être qu'heureuse qu'avec vous, vous ne ferez sûrement pas mon malheur. À bout d'arguments, elle voudra même faire croire à Pinson avoir eu de lui un enfant secret. Fille séduite et abandonnée. Le dix-neuvième siècle regorge d'histoires de ce genre. Adèle aurait-elle lu trop de romans ? On a envie de chanter pour elle le fameux lied de Schubert, « Marguerite au rouet », imaginé par un Gœthe qui connaissait bien la question. Lui, le fils de madame la Conseillère, l'amant de Frédérique Brion et de tant d'autres, sait ce que souffrent les filles quand l'homme, tel Gœthe lui-même, les abandonne. Mais Adèle est une fille de la bonne bourgeoisie et son séducteur ne fait pas vraiment le poids. Pinson a-t-il vraiment tenté de suborner Adèle ou a-t-elle rêvé toute cette histoire ? Marguerite ou Ophélie, Adèle incarne le désespoir des filles tel que chanté par les poètes. Elle illustre le romantisme sous son aspect le plus tragique.

L'Angélique des *Filles du feu*, éprise de La Corbinière, est accusée, elle, de se commettre avec un « petit *charcutier* ». Pour une Angélique de Longueval, une telle union est inacceptable. Point n'est permis d'aimer en dessous de sa condition. En vraie fille du feu, Angélique ne cédera pas aux objurgations paternelles et s'enfuira avec son amant. Même sans avoir recours à Nerval, les héroïnes ne manquent pas, qui ont su affirmer leur passion. Dans ce paysage romanesque, réel ou fictif, Adèle est en bonne compagnie.

Et voilà que le lieutenant Pinson est envoyé à Halifax, Nouvelle Écosse, au Canada.

X

L'astre du père, pendant ce temps, poursuit sa course. *Napoléon le Petit*, ce réquisitoire incisif contre le « pirate », ne suffisait pas, il fallait enfoncer le clou. C'était urgent, essentiel. Dans *Les Châtiments*, Hugo attaquait directement les princes, responsables du malheur des peuples. Esprit de vengeance et de revanche. Lui, l'homme blessé, qui porte le deuil éternel de Léopoldine, il a trouvé cet élan salvateur qui le tient en haleine : tonner contre le nouveau Bonaparte, cet usurpateur qui s'est fait bombarder Empereur.

Vient ensuite *Les Contemplations*, un livre d'amour et de mort. Avec *La Fin de Satan* et *Dieu*, Hugo ose la légende de la création. Le mal, c'est-à-dire le matériel sera un jour exorcisé au profit d'élans sublimes. Et il entame bientôt le grand roman qui allait devenir *Les misérables*.

Dans son exil, Victor Hugo connaît l'union sacrée avec l'infini. Devant l'océan, le poète est soulevé d'une extase qui le console de bien des tourments. Nul besoin de recourir au spiritisme, les mots suffisent, qui lui courent sous la plume, chargés de sens, chargés de sel, des mots pour l'éternité. Là, tel Olympio, le poète visionnaire parle aux éléments. L'océan, ses bourrasques folles, ses humeurs glauques ou violacées, ses fureurs assassines, il le saisit de l'intérieur. L'Océan c'est aussi les hommes. Il sait les sirènes et les marins, les requins et les cordages. Il sait les mains calleuses et les vies englouties. À Guernesey, il fait entendre dans ses écrits sa grande voix lyrique et c'est ce qui compte. Tant pis si la famille lui échappe, lui, c'est l'humanité tout entière qu'il veut sauver par ses écrits. Que la justice règne enfin sur le monde et qu'on en finisse avec Satan. Un jour la lumière se répandra sur les peuples et toute misère sera abolie. Face à l'océan, l'homme-Dieu voit. Il voit l'esprit se dégager de la matière et l'ordre régner enfin sur une humanité triomphante. Et il l'écrit. Car les mots seront les plus forts.

De ces hauteurs cosmiques, l'homme-univers, le messager poète ne descend que pour de simples plaisirs charnels dont il fait grand usage. Autour d'Hugo, le père du romantisme, le sexe. Il se donne des excuses. Le climat de Guernesey battu par les eaux ne serait-il pas responsable de ses écarts ? Comment rester chaste alors que tout est inondé par « le monstrueux sperme Océan » ?

Sexe et grandeur, le chef de clan règne aussi bien sur les meubles que sur les êtres. Dieu est à la barre, mais l'ange gardien veille. Un toit noir, un toit rouge, un toit noir. Regardez, c'est là. Ce toit noir, aujourd'hui annexe de l'hôtel Pandorra où j'ai dormi en toute ignorance, est celui de La Fallue, la maison où Juliette Drouet habita de longues années. De son lucoot, elle surveille son maître bien aimé, l'homme à qui elle a consacré sa vie.

Parfois elle le voit nu derrière ses vitres. Le fait-il exprès ? Un jour elle observe ses couvertures tombées dans le jardin. Elle s'inquiète, s'il prenait froid ? Elle s'inquiète de tout et ne cesse de lui écrire une même lettre à des milliers d'exemplaires, étonnante variation sur un seul thème, l'amour sans égal qu'elle porte à Victor. Il ne s'agit plus d'amour charnel. Tout cela est bien fini. Juliette est insensiblement devenue une sorte de secrétaire-gouvernante, mais entre eux, un lien indissoluble, oui, une sorte de mariage mystique, « notre mariage », comme l'écrivait Juliette autrefois, un mariage que Victor Hugo ne voudra jamais rompre.

Toujours est-il qu'à Guernesey en cette année 63, l'homme Dieu a sa femme à l'étage en dessous, sa maîtresse, un peu plus loin, à portée de vue, quasiment privée de sorties. Est-ce toujours pour protéger cette âme déchue des tentations ou pour éviter que Juliette ne surprenne son amant en compagnie de quelque jeune personne complaisante ?

Victor Hugo achève *Les Misérables*. Nous retrouvons Adèle, trente-trois ans, s'affairant dans la maison, à Guernesey. Sa mère est partie à nouveau. Elle séjourne à Paris. Adèle tente de recourir à son piano mais le cœur n'y est pas. Ça ne peut plus durer. Déjà nous l'avons vue commencer d'étranges préparatifs de départ. Son frère a découvert des valises toutes prêtes, des paquets de vêtements. Elle dresse des listes interminables de ses avoirs : dentelles, gants, cahiers. Puis des objets. Saisir les choses avant de les quitter, de se quitter. À cette époque, Adèle a pris le visage sec d'une personne repliée sur elle-même, mais à l'intérieur elle brûle et nous savons quelle passion l'habite.

Adèle, ressaisis-toi. Tu ne peux pas te jeter ainsi à la poursuite de cet homme. Que pensera ton père ? Ne crois pas que sa liberté amoureuse excuse tes audaces. Lui te veut « mariable » et non une femme « inapplicable », c'est à dire impossible, insoumise.

Le 3 juin, Adèle refuse une nouvelle proposition de mariage.

Inutile d'insister, Adèle sait ce qu'elle veut. Le 18 juin 1863, mademoiselle Hugo embarque sur le Weymouth en direction de Southampton. Elle fuit Guernesey pour n'y plus retourner. Guernesey, point focal de l'exil, ce rocher auquel s'agrippe le père, Adèle s'en évade pour se jeter dans la tourmente d'un exil encore plus irrémédiable. Là où elle va, personne ne la suit, personne ne la suivra.

Comme l'Angélique de Gérard de Nerval, Adèle fuit la famille. Mais contrairement à Angélique, elle est seule.

« Mes deux filles ». L'une est restée en France, sous la tombe, l'autre est partie au diable. Nous le savons, une force anime Adèle, qui lui fait franchir tous les obstacles. Ici, elle ressemble aux aventurières de son siècle ou du siècle suivant qui feront tout pour assouvir leur passion, voire leur folie, l'une allant chercher Dieu dans le désert, l'autre explorant le Toit du monde. Adèle aventurière ? Elle en a le courage, la fermeté, même si elle se trompe de folie.

Elle prend le bateau, soi-disant pour rejoindre une miss Lester qui l'aurait invitée en Angleterre. En fait elle veut retrouver Albert Pinson et le mettre au pied du mur. Car Adèle n'a pas tout inventé, c'est là toute l'ambiguïté de l'histoire. Et c'est ce qui permet à sa famille et à elle-même de ne pas mesurer tout de suite le caractère pathologique de l'affaire. On sait que la folie, si c'est le mot juste, prend souvent des aspects très rationnels.

Dix ans de correspondance secrète et d'étreintes, même fugitives, lui donnent le droit, estime Adèle, d'espérer et même d'exiger. Le lieutenant Pinson se serait assez avancé dans cette histoire pour que la demoiselle Hugo se sente bafouée par un refus.

Adèle partie ? Ce n'est pas possible. Stupeur du père. Sûrement la mère était au courant de cette escapade. Quant au père, personne ne l'a prévenu, bien sûr ! Tout se passe derrière son dos comme d'habitude. Lui qui travaille à longueur de journée pour nourrir les siens, on le tient pour quantité négligeable !

Victor Hugo est bouleversé. La disparition de sa fille est pour lui un coup terrible. Comment peut-on ainsi lui manquer ! C'est peu dire qu'il supporte mal l'outrage. Il ne décolère pas. Tout ce qu'on a fait pour Adèle et voilà comment elle nous remercie, en s'enfuyant pour se marier loin des siens. C'est un véritable affront. « Elle semble être notre ennemie, son ennemie », écrit-il à sa femme. Le malheureux père ne sait pas encore à quel point il a raison.

L'homme-Dieu admet mal que sa fille s'éloigne ainsi de lui, de son univers. Il est profondément blessé comme il le sera plus tard lorsqu'Adèle, dans son asile, offrira à son père un visage hostile. « Elle me hait », se lamentera le père.

Rassurons-nous. Si Adèle s'est enfuie vers on ne sait quel épouvantable destin, à Guernesey la vie continue comme devant. Le 22 du même mois, donc trois jours après le départ d'Adèle, Victor Hugo note dans son carnet intime qu'il a fait l'amour. Le sexe toujours.

Adèle s'embarque maintenant sur le Great Eastern pour le Canada afin de rejoindre le lieutenant Albert Andrew Pinson. Long voyage, aussi métaphorique que réel sur ce bateau immortalisé par Jules Verne qui en conservait la maquette dans sa maison… et par Victor Hugo, dans *La légende des siècles*. En franchissant les eaux, Adèle aborde le dernier cercle.

Il y a des folies qui remontent le fleuve, d'autres qui suivent comme chez Maupassant le trafic ferroviaire. Ta folie à toi est une folie insulaire. Jersey, Guernesey. Née dans les îles ta folie va traverser l'océan pour aboutir à cette île, la Barbade, où tu va définitivement la rencontrer. Mais d'abord, ce sera le Canada.

Ne te jette pas par dessus bord de ce bateau. Quoi, tu dis que tu n'en feras rien, qu'il n'en est pas question ? Il te faut rester vivante pour le retrouver. Tu n'as sans doute pas assez de liberté pour t'offrir le mal de mer qui soulage du mal d'amour.

Tu ne renonceras pas. Jamais ? Jamais. Je ne sais si tu as renoncé un jour. Aujourd'hui tu cours après le lieutenant qui t'a promis le mariage et qui maintenant te fuit. Te l'a-t-il vraiment promis ? Il le niera. Tu croyais que le lit faisait office de promesse ?

Adèle ne désarme pas et envoie à son père, le 14 juillet, de New-York, une lettre de neuf pages. Soi-disant Pinson ne peut quitter son régiment mais lui a promis de l'épouser là où elle le désirerait.

De New-York, tu fais rapidement route vers Halifax. Les rues, la caserne, tu vas, tu cours. Tu cours vers lui. Une femme seule, encore jeune, des regards te suivent, des rires sûrement.

Tu l'as vu, il le fallait. Il est éberlué. Que viens-tu faire ici, à Halifax ? Il commence à se demander si tu n'es pas réellement dérangée.

Autre lettre, le 4 août, venue d'Halifax, Nouvelle Écosse. Adèle écrit à sa famille en demandant à ses parents leur consentement au mariage. Car elle poursuit son idée. Image classique, la fiancée tente de fléchir les parents récalcitrants. Et là nous entrons vraiment dans la fiction, mais les parents ne le savent pas encore. C'est qu'Adèle est habile. Elle mène son affaire avec une précision exemplaire. Peut-être a-t-elle imaginé qu'un consentement écrit de la main de Victor Hugo impressionnerait Pinson. Mieux qu'un poème, mieux qu'un livre, le plus grand écrivain français, auréolé d'une gloire sans égale, vous offre sa fille, noir sur blanc, et vous auriez le front de refuser ?

Du coté Hugo, on commence à se laisser fléchir. Après tout, si Adèle tient tellement à cet homme. Les parents se voient obligés d'accéder à la demande d'Adèle. Que pourraient-ils faire d'autre ? Ils envoient donc leur double consentement à l'adresse indiquée.

Tu as beau être sûre de toi, les choses ne se déroulent pas comme tu le voulais. Albert Pinson est plus que récalcitrant. Cette fois, il a dû être catégorique. Je ne veux pas vous épouser. Alors tu commets l'acte de folie, de mensonge. Tu fais croire à ta famille que tu es mariée. Car tu y crois. C'est au réel que tu ne crois pas. Il n'y a de réel que ce que l'on rêve. Et comment distinguer le vrai du faux quand tout se dévalorise au profit d'une idée fixe qui dévore le reste, telle Chronos dévorant ses enfants ? Il est impossible après toutes ces années que tu ne sois pas l'épouse de cet homme. Si des doutes s'insinuent, tu les rejettes. Ce mariage arrangera tout le monde. Tes parents se réjouiront de ton bonheur car tu es heureuse quand personne ne t'empêche de croire à tes illusions. Pourquoi s'acharnent-ils tous à te raconter ta vie, celle d'une pauvre fille crevant de faim à des milliers de kilomètres de sa famille ? Toi, tu préfères une autre histoire, une belle. Si ton père est à l'écoute des voix intérieures, au besoin en faisant tourner les tables, s'il est le noir cavalier qui galope dans l'invisible eh bien toi, tu t'installes dans l'impossible.

Ton père veut croire lui aussi à ce mariage. Il se résigne. Pour sauver les apparences, le vicomte Hugo fait publier les fiançailles d'Adèle le 9 octobre 1863 dans *la Gazette de Guernesey* et dans *le Star*. Suit l'annonce, le 17 octobre, du mariage de Mlle Adèle Hugo avec M. Albert Andrew Pinson du 16ème Régiment d'Infanterie anglaise. Les convenances sont respectées.

Adèle a beau signer ses lettres Mrs Penson (mon nom s'écrit de deux façons, dit-elle, avec un i ou un e), elle n'est toujours pas mariée, malgré ce qu'elle tente de faire croire à sa famille. Oui, elle a fini par rejeter ce nom de Hugo qu'elle aimait tant pour usurper le nom d'un autre. Étrange processus. Si elle abandonne le nom du père, ce n'est ni pour celui d'un époux ni pour un pseudonyme. Le nom qu'elle prend est un nom qu'elle vole. Un nom d'oiseau, pour rire ou pour pleurer, un nom dont l'orthographe n'est même pas fixe. Rien à voir avec les deux syllabes sonores comme un roc du nom de Hugo. Hugo ? Un nom hugolien avant la lettre, qui dit la force, qui dit le verbe. Force du verbe qui ne faillit pas. Hugo c'est un mot pour le rythme et la rime, tel le poing sur la table. Un nom qui d'avance tient la rampe.

Ce nom qui n'est pas le sien, Pinson, Penson, Adèle devra également l'abandonner de peur qu'on ne l'identifie. C'est ainsi que naîtra miss

Lewly, presqu'une Anglaise. Mademoiselle Hugo n'hésite pas à changer de nationalité. Et pourquoi pas sur la lancée décliner d'autres hétéronymes ? Désormais elle sera qui l'on voudra. Une Anglaise perdue dans le Nouveau Monde, une rebelle à sa famille, une Ariane abandonnée sur la rive, à Naxos. Identité mouvante, incertaine. Dès maintenant, sans le savoir, Adèle commence à n'être personne.

Mais ses lettres sont encore tout à fait cohérentes. On est frappé de la logique qui l'anime. Cette femme qui n'a jamais quitté ses parents affronte l'aventure avec une précision exemplaire. Elle énonce les dettes qu'il faudra régler pour elle, à Guernesey, et n'hésite pas à réclamer à ses parents ses mois d'entretien. Je suis le banquier, se lamente Victor Hugo. Payer pour une fille qui vous fuit, vous rejette, n'enchante guère le père de famille.

Un mariage en bonne et due forme ? Stupeur du soi-disant fiancé quand il apprend la nouvelle. Dès octobre 1863, Pinson a écrit à François-Victor qu'il n'avait pas l'intention d'épouser Adèle, mais Adèle aurait intercepté la lettre. Elle est venue ici « de son autorité privée », écrit Albert Pinson.

Adèle finit par avouer à François-Victor qu'elle n'est pas mariée. Tout n'était que mensonge. Mais ce mariage doit absolument se faire. Elle voudrait que son frère fasse pression sur Pinson. Maintenant qu'elle l'a suivi jusqu'au Canada, celui-ci ne peut plus refuser. À François-Victor d'aider Adèle à le convaincre.

François-Victor a compris. La situation est plus grave encore qu'on ne l'imaginait. Il pousse sa sœur à revenir en France. Trop tard, les dés sont jetés. Adèle refuse. Sa place est auprès de son « fiancé ». Furieux, Victor Hugo décide de ne pas recevoir avant un an celle qui porte le nom d'une famille étrangère.

Tu ne renonces pas pour autant. Renoncer à lui serait renoncer à toi. Il est le lieu géométrique de ton âme, de ton corps. Maintenant que François-Victor est au courant, tu le supplies de t'aider. Pour mener à bien ton projet, tu es prête à n'importe quel subterfuge. Pinson ne veut pas de toi ? Qu'à cela ne tienne. Tu rêves de trouver un magnétiseur qui l'endorme afin que tu puisses le faire enlever et l'épouser de force en Écosse en présence de deux témoins français, assistés par François-Victor. Tu demandes cinq mille francs pour l'opération.

À Halifax, elle consulte l'avocat Robert Botton à qui elle conte son histoire à sa façon. Pinson l'aurait fait venir jusqu'ici pour l'épouser et maintenant il refuse. N'y a-t-il pas un moyen juridique pour faire pression sur lui ? L'essentiel est qu'il se soumette. Décidée, la tête froide, elle insiste. Mais l'avocat ne peut rien pour elle. Il n'existe aucune preuve de ces prétendues promesses de mariage. Tête froide ? Envers et contre tout, elle espère encore et c'est ce qui l'empêche de sombrer.

Tu vis en marge, tu survis. Tu es dans la même ville qu'Albert et pour l'instant tu dois t'en contenter. Ces gens qui t'hébergent sont très gentils. Ils te considèrent car tu as de bonnes manières. Tu as faim, tu as froid mais tu ne te plains pas. À l'orgueil de ta condition s'ajoute l'orgueil de ta passion. C'est peu dire qu'elle te tient chaud, elle te brûle de l'intérieur. Comme tout feu, elle te nourrit en même temps qu'elle te ronge.

Découvrant qu'Adèle était la fille de Victor Hugo, les logeurs ont écrit au père. On apprend qu'Adèle se nourrit mal, qu'elle vit dans une chambre mal chauffée. En plus elle se conduit bizarrement. L'officier qu'elle connaît vient rarement la voir. Tout de même, il vient. Il est ému, agacé sûrement, mais il ne l'abandonne pas complètement.

Là-bas, à Guernesey, ils ont compris que tu étais une malheureuse qu'il fallait sauver d'elle-même. Il faut envoyer de l'argent pour qu'elle revienne mais Adèle refuse de revenir. Quand Pinson vient voir Adèle, elle lui donne peut-être de l'argent, cet argent qu'elle se fait envoyer par ses parents sous le fallacieux prétexte de payer son passage sur le bateau de retour. C'est que l'homme joue aux courses, au gentleman-jockey, et il a de gros besoins.

Reviens, écrivent tes parents. Ta mère est terriblement inquiète. Elle veut aller te chercher mais la famille l'en dissuade. Ce serait une épreuve trop fatigante et surtout rien ne prouve qu'Adèle reviendrait. Il est évident qu'on ne peut plus lui faire entendre raison. « Tu ne l'emmènerais pas, c'est elle qui te retiendrait. » Étrange sentiment d'impuissance devant cette force qui dope la pauvre Adèle et la cloue à sa croix.

Si Adèle se montre « extravagante », elle est également maladroite estime Victor Hugo. Rejetée par cet homme de rien, elle aurait plus que jamais besoin de l'affection de son père et voilà qu'elle s'enfuit, qu'elle le fuit ! Ne sait-elle pas que son père l'aime comme il aime tous les siens, avec le seul désir qu'ils restent autour de lui, blottis sous son aile ?

Quand Victor Hugo se rend compte du véritable état de sa fille, il réagit en père aussi aimant que naïf. Qu'Adèle revienne. Il faut se féliciter qu'elle n'ait pas épousé ce « gueux ». Qu'elle revienne et son père donnera des fêtes pour elle. À Hauteville House, on ne s'ennuiera plus, c'est promis. Récompense suprême, il dédiera des livres à sa fille. « Je ferai d'elle ma couronne de vieillesse ; je célébrerai son exil, je réparerai tout. »

C'est que la famille croit encore à un revirement possible. Adèle écrit des lettres froides mais cohérentes et cet accès d'égarement n'est peut-être que passager. Elle réclame des livres de musique et demande même que l'on publie son album de musique. Plutôt que de la heurter trop violemment, obéissons à ses désirs en souhaitant qu'elle retrouve la raison. Un jour elle nous reviendra et tout sera oublié. Mais il faudra s'organiser pour la faire vivre un an hors de la maison, à Nice par exemple, ou à Bruxelles, afin d'éviter les rumeurs. Ensuite on expliquera que ce mariage était une erreur et qu'Adèle a préféré divorcer, en Amérique le divorce est pratique courante.

Trop tard. Trop tard pour tout. Adèle reste là, en marge de toute vie sociale, avec le seul plaisir d'être dans la même ville qu'Alfred Andrew Pinson. Pour être sûre qu'on ne vienne pas la chercher, elle change d'adresse. La famille serait capable de la faire espionner, de la ramener de force. Il faut se méfier de tout le monde. Ne voyez-vous pas qu'elle a choisi son rocher, elle aussi, et qu'elle s'y tient en équilibre ? L'en arracher serait la précipiter dans les flots.

Qu'Adèle se rassure, personne ne fera le voyage.

Tu écris. Des lettres à l'aimé, bien sûr. Mais pas seulement. Envie de parler de soi ne serait-ce qu'à soi, que toute cette masse vivante n'aille pas se perdre dans la fuite des jours, envie d'écraser les mots sur les choses, d'aller au delà des apparences pour garder la haute main. Ta main court sur le papier, tu as tant à dire, à crier. Tu as l'habitude, il y a longtemps que tu écris pour défier le monde, le retourner sur lui-même.

Elle écrit comme elle marche, arpentant la pièce, les mots vont, viennent, volent en éclats, des images passent, la fille du feu les capte, ici un banc quand elle était sur la terrasse, si belle, là un visage, le reconnaît-elle encore, est-ce bien le visage de celui qu'elle a *vu* ? Non, ce n'est que son propre visage, elle a peur, elle se cache les yeux, que peut-elle écrire sinon l'histoire de la fille de feu qui se fait ange pour surplomber le paysage, franchir les années, enrobée de la musique des sphères, Didine à ses côtés, et lui, qui est lui, est-ce le père, est-ce l'amant, enfin rendu, à ses pieds, lui et tous les hommes qui l'ont fait rêver, et elle, Adèle, leur donnant forme, si seulement elle pouvait parler, dire tout car elle sait tout, les musiciens lui ont conté les gestes du monde, à les écouter elle sort d'elle-même, et les voix irascibles, contradictoires, ces voix de son ventre qui tentent de l'étouffer, elle les gribouille à même le papier. Et elle déchire.

Adèle est dotée de pouvoirs magiques. Avec les esprits dans son jeu, personne ne peut lui résister car elle incarne l'avenir en marche. Fille d'un Dieu, elle en est l'œuvre la plus aboutie. Fille de Dieu, c'est bien ainsi que l'apostrophait l'Ombre du Sépulcre.

Oui, c'est tout cela qu'elle veut écrire car il n'y a qu'une alternative, écrire ou sombrer. Exilée au sens propre, déracinée, plus séparée que jamais, c'est là que tu es au mieux de ta force créatrice. Ces images qui te tournent dans la tête, bousculant les temps, ces dialogues échevelés qui peuplent ton espace et te poursuivent comme des oiseaux de mer, c'est du théâtre, mais au théâtre on ne meurt pas pour de bon, on quitte la scène après les affrontements les plus sanglants alors que toi tu restes car c'est en toi que le drame se déploie. Illusion magique, tu es toute puissante, mais il n'y a personne pour t'entendre.

Adèle vit à Halifax dans une sorte de rêve éveillé. La seule chose qui compte pour elle et qui la rattache au réel est d'apercevoir le lieutenant Pinson. Entre temps, toute l'histoire a fait échouer le mariage d'Albert Pinson qui devait épouser une certaine Agnès Johnston Darmouth. Car l'histoire d'Adèle s'est ébruitée. Notre fille n'épousera pas ce coureur de dot qui a fait un tel affront à la famille Hugo.

Pinson se mariera en 1870 avec une autre, la fille d'un lieutenant-colonel.

Et Victor Hugo ? Le 4 juin 1864, il a écrit les premières lignes de l'ouvrage qu'il projette : il s'agit des *Travailleurs de la mer*, dédié à l'île de Guernesey, « ... à un rocher d'hospitalité et de liberté, à ce coin de vieille terre normande où vit le noble petit peuple de la mer, à l'île de Guernesey, sévère et douce, mon asile actuel, mon tombeau probable ». Asile, tombeau, tout ce qu'Adèle a tenté de fuir, croyant trouver ailleurs la vie, l'amour.

« Une idée fixe, c'est une vrille, chaque année, elle s'enfonce d'un tour », écrit Victor Hugo dans *Les Travailleurs de la mer*. Calme bleu des vagues doucement irisées, la mer nous appartient, mais voici que les éléments se déchaînent dans une fureur biblique. Si Gilliatt le marin l'emporte sur la pieuvre aux mille bouches qui tente de l'avaler, Adèle sera engloutie. Aucune étoile ne brillera pour elle. Grâce, semble demander le père à travers ce roman, grâce pour ma fille et pour les humains en proie à la colère démoniaque.

On a compris maintenant que tu ne voulais pas rentrer. Ton père, si strict sur l'économie, s'est décidé à t'allouer une pension de cent cinquante francs par mois à quoi s'ajoutent quelques suppléments pour ta toilette. Ta mère y joint parfois une petite somme sur sa propre bourse.

Tu es partie, mais les autres aussi. Ta mère commence par s'absenter de Guernesey deux ans durant. Maintenant que tu n'es plus là, pourquoi rester à Hauteville House ? Elle préfère de beaucoup être à Bruxelles chez son fils Charles qui vient de se marier, ou encore à Paris. Sans doute en veut-elle sourdement à son mari de la situation. Si Victor Hugo s'était davantage occupé de sa famille au lieu de se consacrer à son œuvre ou à ses amours ! On dirait que ton départ a précipité l'explosion de la maison Hugo. C'est maintenant Julie Chenay, la belle-sœur, qui tient les rênes du ménage tandis que Juliette Drouet est de plus en plus acceptée par la famille.

Hauteville Fairy, la maison du 20 rue Hauteville, est rachetée en indivis par Victor Hugo et Juliette. De là, Juliette ne peut plus surveiller les fenêtres de son homme, ce qui le soulage sans doute, mais elle est définitivement près de lui. On peut dire qu'elle a gagné la partie. Si elle refuse poliment une invitation de madame Hugo, les fils fréquentent avec grand plaisir la maison de Juliette où ils trouvent plus de chaleur que chez les Hugo.

Juin 1866. Hier Halifax, aujourd'hui La Barbade. Bridgetown. Quand l'officier Pinson a été muté ici, Adèle lui a emboîté le pas.

La Barbade, encore une île, est à l'époque possession anglaise. Tu te réjouis du climat chaud qui te change d'Halifax. Tu écris que tu as grossi, que tu es en meilleure santé. À la Barbade tu retrouves l'atmosphère bien particulière des îles, et toujours cet anglais que l'on parlait aussi à Guernesey quand on ne baragouinait pas un patois anglo-normand.

Les îles tropicales parlent à l'imaginaire comme les lieux impossibles d'une existence paradisiaque. Mais pour Adèle, la Barbade est le dernier volet du désespoir. Elle y va comme on se précipite à sa perte. Sa fuite à Halifax avait encore un but, épouser l'homme. Le poursuivre aujourd'hui à la Barbade c'est se couper définitivement du réel.

On le sait maintenant, tu es l'esclave d'un maître qui ne veut pas de toi et ta famille semble l'accepter comme une fatalité. Bonheur dans l'esclavage. Rien n'est trop beau, même l'humiliation, pour prouver à l'aimé qu'on lui est asservi.

Mais Adèle n'est pas vraiment esclave de l'homme. Son idée n'est pas de se soumettre à lui mais de l'enchaîner. Elle reste persuadée que Pinson lui appartient et que la seule erreur dudit Pinson est de ne pas en avoir conscience. Prosélyte d'une religion qu'elle est seule à défendre, Adèle est là, omniprésente, pour convaincre l'homme de cette nécessité qui les relie à tout jamais.

Dans l'histoire, Albert Pinson semble tout de même bien falot. De plus en plus, il fait figure de prétexte. Prétexte à tous les rêves inassouvis. À quel moment l'Autre perd-il sa réalité pour devenir une idée ?

Adèle folle ? Peut-être. Quelle est cette personne bizarre qui s'avance dans la rue l'œil fixe. Une véritable excentrique ! Elle a de la tenue pourtant, c'est sûrement une personne de la bonne société, mais quel air étrange ! Et ces vêtements tout de travers ! En plus elle porte des vêtements chauds, velours, fourrures, incongrus sous les Tropiques, qui montrent bien qu'elle vient d'ailleurs. Parfois elle est voilée de noir, parfois elle s'habille en homme, chapeau haut de forme, bottes parapluie. Elle se cache pour mieux épier Alfred Pinson. À La Barbade comme à Halifax, le régiment se distrait. Lui sort de la salle de jeux ou de la salle de bal. C'est que tu l'as fait appeler. Que faites-vous là ? Je vous avais dit de ne pas venir, surtout pas d'esclandre, vous voyez bien que je suis avec des amis, non, vous ne pouvez pas entrer, ce n'est pas un lieu pour vous. C'est que l'extravagante ferait mauvaise figure dans ces lieux.

Guérir de cette folie qui te tient aujourd'hui à la Barbade c'est impossible. Un clou chasse l'autre mais le clou est trop enfoncé dans ton front entre les deux sourcils. Pour l'arracher il faudrait te tuer. Ton obsession c'est cet homme. Ou plutôt c'est ton obsession, qu'importe le thème. Au centre il y a cette chose à laquelle on donne un nom pour ne pas souffrir de rien ou du rien. Car elle souffre. L'obsession amoureuse soulage de la souffrance, elle la canalise. Sans les amours, il ne resterait qu'à tournoyer à vide, empoignés par notre délire, tels des cormorans pris dans la tourmente.

Si ton père a su vivre amour et sexe sans jamais s'égarer, toi tu n'as trouvé comme ligne de fuite que le chagrin d'amour, un état de fièvre et de consomption qui ne comporte ni amour ni sexe. De plus en plus, tu ressembles à un poème avorté du prince des poètes.

Malgré les ordres de ton père de revenir en France, tu es toujours à la Barbade. Là-bas en France on a l'air de t'oublier. Peut-être souhaite-t-on inconsciemment que tu disparaisses. Ta mère est morte en 68 sans te revoir. « Adèle, femme de Victor Hugo », est-il gravé sur la tombe, à Villequier, qui jouxte celle de Léopoldine. Un jour, bien plus tard, tu les rejoindras dans le petit cimetière.

Tes logeurs doivent appeler le perruquier pour qu'on te coupe les cheveux. Tu t'ensauvages, perdant tout contrôle sur toi-même. Tu marches sans arrêt dans la pièce en parlant toute seule à haute voix. La Barbade, encore ravagée par les luttes esclavagistes et la pauvreté, devient l'île du Désordre. On s'y tord les bras, on s'y griffe le visage, on s'y arrache les cheveux. À la Barbade, on est au bout du monde, au bout de soi. Revenue à l'état primitif, qui n'est même plus celui d'une femelle en chaleur mais d'un être absenté de lui-même, Adèle gémit. Il faudrait appeler à la rescousse les sœurs de détresse, telles Camille Claudel, au siècle suivant, tenter de comprendre l'une par rapport à l'autre, les consoler rétrospectivement de cette blessure qu'elles portent toutes deux comme une croix, blessure d'amour ou d'amour propre, déchirure inguérissable de leur être. Côtoyant le génie, elles-mêmes douées pour les arts, elles ont rencontré leur échec et n'ont pu le supporter.

En 69, le lieutenant Pinson a quitté la Barbade pour Dublin. Cette fois Adèle est restée. Elle était au bout de ses forces.

L'homme s'étant définitivement éloigné, plus rien ne la retenait, plus de prétexte, plus de secours.

XI

Faisons un saut dans le temps. Vingtième siècle. Une femme court par les rues, agitant les bras, parlant toute seule. Elle croise le lieutenant qu'elle ne reconnaît même plus. Voici Adèle H. sur l'écran, interprétée par l'actrice qui sera aussi Camille Claudel, la mal aimée, la trahie. Vos destins se mêlent sur le visage de la comédienne que l'on a entendue, toute jeune, nous annoncer que « Le petit chat est mort ».

14 juillet 1870. L'homme-Dieu note dans son carnet : « ...j'ai planté dans mon jardin le gland d'où sortira le chêne que je baptise Chêne des États-Unis d'Europe ». Ce chêne sera dédié aux proscrits.

Après le désastre de Sedan, c'est la fin de l'Empire. Hugo rentrera à Paris. Si sa popularité est intacte peut-il encore être le prophète de la République ? En tout cas ses convictions restent fermes.

Dans la terrible année 71 où la guerre qui fait rage se double d'une guerre civile entre la Commune et les Versaillais, c'est la mort brutale de Charles Hugo, frappé d'apoplexie. Par cette famille qu'il aime tant au point de trop peser sur elle, Victor Hugo n'aura cessé de souffrir.

« Deux coups de foudre dans une seule vie » !, dit Victor Hugo à Edmond de Goncourt. Mais la coupe n'est pas encore pleine.

Ta mère et maintenant ton frère Charles. Ces morts arrivent-elles jusqu'à toi où es-tu déjà trop loin pour en être touchée ?

En 72, Victor Hugo est battu pour la deuxième fois aux élections législatives. Sur sa colonne d'airain, l'homme-océan était plus fort. Puisqu'on ne l'entend pas, il va retourner à Guernesey et ce sera pour lui comme un bain de jouvence.

Mais il faut accueillir Adèle.

1872 : Adèle a échoué chez une Noire dévouée, Céline Alvarez Baà, pacotilleuse, « une dame de la colonie », ancienne esclave. Chez Baà, elle a des crises effrayantes. Parfois elle ne la reconnaît même pas. C'est elle tout de même qui supplie la bienveillante Noire de la ramener en France. Un dernier sursaut, Adèle veut retourner dans son pays. Là-bas, autrefois, elle avait un père, une mère, une famille. Là-bas, elle était une petite fille, elle avait un prénom. Il faudrait pouvoir s'en souvenir.

Tel un fantôme, on l'embarque : St. Pierre, St. Nazaire, Paris.

Le voile s'est déchiré. Adèle est revenue. Mais Victor Hugo n'est pas là pour accueillir sa fille. Il a dépêché à sa rencontre son ami, le docteur Émile Allix.

On a voulu croire que la Noire avait eu des bontés pour Hugo en échange de monnaies trébuchantes. Là encore on a mis du sexe. L'homme-Dieu trouvait son plaisir. Il écrit effectivement dans son carnet, en Espagnol, cette langue qui lui sert à cacher ses frasques à la trop jalouse Juliette : « *La prima negra di mi vida* ».

Victor Hugo note scrupuleusement les sommes allouées à madame Baà, qui lui remet par ailleurs les bijoux d'Adèle avec ceux de sa mère, plus ou moins brisés, que la fugitive avait emportés par précaution. En récompense de ses bons services, madame Baà aura droit à une parure en or.

Le père n'aurait-il pu venir chercher lui-même sa fille, et plus tôt ? Avait-il des affaires tellement plus pressantes? À moins qu'il n'ait eu aucune envie réelle de revoir Adèle. Que faire de cette folle, inmariable, incasable, âgée de quarante-deux ans ? Et Adèle lui en veut, il le sait.

Hugo a peur. Une peur sourde. Le créateur de monstres, s'il est lui-même en proie à des cauchemars, des visions nocturnes, sait à merveille exorciser ses visions sur le papier. Autre chose est d'affronter la démence sur le visage de sa fille. Avec Eugène, il a vu la souffrance qui tord le visage de l'égaré.

Impossibilité de rejoindre l'autre, de trouver les mots. L'histoire recommencerait-elle ?

« Ne crains plus rien ni personne. Tu as près de toi ton père et Dieu », t'a dit ton père. Il te baise les mains, mais tu ne réagis guère. Trop tard. « Encore une porte refermée, plus sombre que celle du tombeau. », dit le père. Adèle n'est plus qu'une ombre.

Quand ton père vient te rendre visite, tu ne lui dis rien. Tu n'as rien à lui dire, car tu n'es plus là. « Ma pauvre fille Adèle, plus morte que les morts », se lamente le vieux loup de mer.

Mais la vie continue. Dans son crystal-room, Hugo reprend les bonnes habitudes, l'écriture, la chair. Blanche, rebaptisée Alba, a fait irruption dans sa vie. De petite bonne orpheline, elle devient maîtresse en titre, malgré la présence de Juliette.

De toi, Adèle, il y a longtemps que ton père a fait son deuil. Ta réapparition n'a fait qu'officialiser un état de fait et Victor Hugo n'écrira rien sur ce sujet. Pas de poèmes enflammés pour dire le chagrin du père.

Léopoldine, la morte, on pouvait encore lui redonner vie par le Verbe. Elle était morte en pleine existence. Adèle, « fantôme glacé », est trop morte à la vie pour inspirer le poète. « Il y a des émotions dont je ne voudrais pas laisser trace. Ma visite d'hier à ma pauvre fille, quel accablement. »

Le fou n'a pas bonne presse même aux yeux des siens. On se sent coupable de l'avoir laissé se dégrader en même temps qu'on lui en veut sourdement. Dans les familles où la folie circule telle le furet pour se poser sur tel ou tel, qui sait si en la refusant on ne s'en décharge pas sur un autre ? Si la folie doit advenir, n'est-ce pas la famille qui désigne elle-même la victime ?

Après Charles, c'est François-Victor qui meurt en 73. « Encore une fracture, et une fracture suprême dans ma vie. Je n'ai plus devant moi que Georges et Jeanne », écrit le malheureux père. Toto, le fils, est mort. Toto, le frère, le soutien d'Adèle.

Ta mère est morte, tes frères aussi, ton père a vieilli. Pourtant il est encore au mieux de sa forme. S'il n'a pas l'autorité politique qu'il espérait, il reste le poète de la France, le réconciliateur, le sage, le grand-père en quelque sorte.

L'art d'être grand-père. Victor Hugo passe la main. Si ses enfants le lâchent, accident, maladie, folie, restent Georges et Jeanne, les enfants de Charles. Des enfants autour de lui comme au début de la vie quand on croyait encore au bonheur ? Mais pour arriver jusqu'à eux il faut passer sur le corps des enfants morts, oublier que l'on survit soi-même à qui l'on a donné la vie.

Pour sa dernière visite à l'asile de Saint-Mandé, en 1882. Victor Hugo est accompagné de Juliette qui vient rendre visite au tombeau de sa fille Claire. L'une morte, l'autre absente, le vieux couple communie dans la tristesse. Entre la mort et l'absence, où est la différence ? Adèle ne reconnaît pas toujours son père. Elle le regarde, bredouille quelques mots. Dans le regard absent d'Adèle, le père lit comme un verdict.

Adèle noircit des feuilles de papier mais refuse de montrer ce qu'elle écrit à son père. Ses gribouillis ne regardent qu'elle et pour plus de sûreté, elle déchire tout en petits morceaux.

Le père ne viendra plus guère qu'une fois par an voir sa fille. Les médecins lui déconseillent en effet les visites, car elles agitent Adèle. « Les entrevues font mal à la pauvre enfant et à moi. », dit Victor Hugo. De même autrefois, le Dr Esquirol avait découragé Victor Hugo de rendre visite à Eugène le frère fou de crainte que les visites ne suscitent en lui trop d'émotion. Pour Eugène, le prisonnier au masque de fer, la vue du frère illustre ne pouvait être qu'un affront.

Pour Adèle la lutte est terminée, la vie en quelque sorte. Mais elle va survivre longtemps. D'abord à Saint-Mandé où elle est internée.

Dans cet établissement psychiatrique, tu n'es pas trop malheureuse. Plus tard, grâce aux petits-enfants d'Hugo, Georges et Jeanne, on te transfère dans une maison de santé luxueuse à Suresnes. C'est que tu es riche même si la peur de manquer te fait cacher fébrilement tout ce que l'on t'apporte. Tu fais des gestes bizarres, tu frappes aux cloisons, tu parles tout bas, tu déchires des papiers que tu fourres dans ton sac. Finie la logique froide qui t'animait quand tu courais après cet homme. L'homme a disparu, ta raison aussi.

De temps à autre, on t'emmène au Châtelet. Tu te laisses faire. La musique, ce langage sans mots surgi de quelque strate mystérieuse a toujours été pour toi une consolation, sinon un mode d'être. Quelque chose en toi vibre encore un peu à l'écoute des airs que tu aimais. Tu imagines même en être l'auteur. Ces airs qui te touchent, ce langage de l'immanence dont tu ressens encore les échos ne peut sortir que de toi. C'est que le reste, tout le reste t'est barré. La rupture avec le monde extérieur est quasiment consommée.

Puis on te ramène à Suresnes. Dans ta tête, il y avait de la flamme, de l'immensité. Aujourd'hui, blanche, vide, tu flottes sur l'eau noire. Tes anciennes amours se sont éteintes en même temps que ton cerveau. Et il y a ces personnes invisibles qui te menacent. Tu ne perçois plus que leurs voix. L'une d'elles est méchante. L'autre, l'entends-tu ? doit être plus douce. La méchante devrait bien cesser de t'accabler, mais rien à faire pour qu'elle se taise. Tu as beau te boucher les oreilles, elle n'arrête pas de te torturer. C'est une voix de crécelle, pleine d'inflexions aiguës. Elle sait où le bât te blesse et trouve les mots qui te font mal. Alors toi, tu réponds. Ta langue s'écrase sous le roc, un cri de mouette te reste dans la gorge. Tes lèvres bougent, un son parfois s'échappe, une phrase entière, tes paroles silencieuses s'accompagnent de grands gestes, tu mimes tes sentiments et ce sont souvent des grimaces. Tu dis tout, les rêves et la peur, l'île et la faim, la solitude et le visage des autres, tu dis, et aussi tu déclames, comme si s'étaient déposés en toi les poèmes du père, mais tronqués, mais parodiés.

Ces mots qu'elle prononce, heurtés, balbutiés, ne lui sont-ils pas dictés directement par ces ombres du sépulcre qu'elle avait coutume d'invoquer pour infléchir le destin ? Dans le désordre Adèle intègre un continent dévasté où tout est enfin possible, au-delà des apparences, parce que plus rien n'a de réalité. Si la langue se tarit, si les mots s'absorbent dans une sourde criaillerie, Adèle dévide son texte à sa guise. Pour la contredire, il n'y a plus que la Voix, sorte d'abeille sauvage qui sourd du plus profond d'elle-même et qu'il faut chasser de la main.

De temps à autre, la lucidité revient, le calme aussi. Elle s'intéresse aux enfants qu'elle voit. Puis elle demande à quitter les lieux. Que son père l'emmène. Mais c'est impossible.

Un jour Victor Hugo n'est plus. Adèle la délirante est le seul de ses enfants qui lui survive. « Je laisse une fille malade et deux petits-enfants », a écrit le père dans son testament. Il a enfin compris que sa fille, l'ingrate, la rebelle, était malade. Malade de qui, malade de quoi ?

La fille de feu franchira le siècle comme l'avait prévu cette femme de l'avenir mais en y laissant sa couronne de reine, tandis que son père, l'homme-Dieu, entrait au Panthéon.

Quand mourut Adèle Hugo, à l'âge de quatre-vingt-cinq ans, ce fut la surprise. Quoi, elle était encore en vie ? La dernière fille de Victor Hugo ? On se souvenait vaguement de l'histoire. Mais à l'époque, en 1915, le canon tonnait, et le pays avait bien d'autres soucis.

Dernière image bouleversante sur son lit de mort, comme si une vieille sorcière avait mangé le visage de la jeune fille amoureuse.

Achevé d'imprimer sur les presses de l'Imprimerie BARNÉOUD
B.P. 44 - 53960 BONCHAMP-LÈS-LAVAL
Dépôt légal : janvier 2009 - N° d'imprimeur : 901058
Imprimé en France